Robert Menasse

Das Land ohne Eigenschaften

Essay zur österreichischen Identität

Suhrkamp

Der 1992 erstmals im Verlag Sonderzahl, Wien, erschienene Text wurde von Robert Menasse für diese Ausgabe überarbeitet
Umschlagfoto: profil/Peter Lehner

suhrkamp taschenbuch 2487
Erste Auflage 1995

Lizenausgabe mit freundlicher Genehmigung der Sonderzahl Verlagsgesellschaft m.b.H., Wien
Suhrkamp Taschenbuch Verlag

Satz: IBV, Berlin
Druck: Nomos Verlagsgesellschaft, Baden-Baden
Printed in Germany
Umschlag nach Entwürfen von Willy Fleckhaus und Rolf Staudt

3 4 5 6 – 00 99 98 97

»Österreich ist ein Land, so klein, daß du es mit dem kleinsten deiner Finger auf der Weltkarte verdecken kannst. Und doch besuchen viele Menschen aus aller Welt Österreich. Da kommt schon wieder einer!«

Die Kinderwelt von A bis Z,
Stichwort Österreich, Wien 1958

1.

»Österreichische Identität« – dieser Begriff hat etwas von einem dunklen und muffigen Zimmer, in dem man, wenn man aus irgendeinem Grund eintritt, sofort die Vorhänge beiseite schieben und das Fenster öffnen möchte, um etwas Luft und Licht hereinzulassen. Doch wenn das Fenster keine Aussicht hat und sich der Raum daher nur wenig erhellen will?

Als ich begann, dieses Buch über die »österreichische Identität« zu schreiben, verbrachte ich die meiste Zeit zunächst viel lieber im Kaffeehaus und las Zeitungen. Natürlich stellte ich diese Mußestunden als Teil meiner Arbeit aus, denn immerhin wurde in den Zeitungen, zumindest in den deutschen, eine intensive Identitäts-Diskussion geführt, eine breite Debatte über die neue Identität Deutschlands nach der sogenannten »Wiedervereinigung«. Da erreichte mich folgender Brief:

> Sehr geehrter Herr Menasse!
> Wir arbeiten zur Zeit im Auftrag des Bundeskanzleramtes am Projekt »Corporate Design«.
> Zur besseren Problemeingrenzung veranstalten wir dazu eine erste Diskussionsrunde. Wir erlauben uns, Sie sehr höflich zu einer Expertenanhörung ins Palais Schwarzenberg (Blauer Salon) am 26. 3. einzuladen.
> In diesem Gespräch sollen Fragen über das Spannungsverhältnis »Staat – Verwaltung – Corporate Identity – Corporate Design« thematisiert werden. (...)

Wir hoffen, Sie dort begrüßen zu können, und verbleiben
mit freundlichen Grüßen
Günter O. Lebisch (Lebisch, Werbeagentur)

Daß in einer Zeit, da Deutschland seine neue Identität diskutiert, sich eine Gruppe von Intellektuellen und Persönlichkeiten des öffentlichen Lebens im Blauen Salon des Palais Schwarzenberg trifft, um die »Corporate Identity« der Republik Österreich zu entwickeln, läßt natürlich unmittelbar an die Musilsche Parallelaktion denken. Nun können wir in dem dunklen Raum, den der Begriff »österreichische Identität« darstellt, eine Bücherwand erkennen, einige vertraute Buchrücken, ein Lichtstrahl fällt auf Musils Roman, und schon haben wir den Eindruck, daß es doch etwas heller geworden ist, die Verhältnisse wirken ein wenig vertrauter, zumindest erscheinen uns die Aktivitäten des Bundeskanzleramtes als bedeutsam.

Tatsächlich zeigt die heutige österreichische Realität eine deutliche Parallele zu dem Österreich, das Musil im *Mann ohne Eigenschaften* beschrieben hat: Wieder leben wir in einer Endzeit. Nicht nur deshalb, weil die Präsidentschaft Waldheims zu Ende ging. Aber wenn wir ihn als Symptom oder besser als Paradigma betrachten – und daß man dies tun kann, ja muß, darüber besteht Einhelligkeit –, dann muß man sagen: auch deshalb. Denn Waldheim war nicht nur der erste, der einzige Präsident der Zweiten Republik, der gesellschaftliche Aufklärung bewirkte – durchaus im Sinn der *Dia-*

lektik der Aufklärung –, er ist auch und vor allem der letzte Präsident der Republik, die durch den Anspruch geprägt war, beweisen zu müssen, daß sie doch alleine lebensfähig sei. Was gemeinhin die »Erfolgsstory der Zweiten Republik« genannt wird, beruhte wesentlich auf diesem stolzen Selbstverständnis, daß die Zweite Republik die praktische Widerlegung des Selbstzweifels, des Grundirrtums der Ersten Republik ist. »Doch alleine lebensfähig« – erlebten wir in Waldheims Wahl mit ihrem Slogan »Wir Österreicher wählen, wen wir wollen« nicht ein letztes, geradezu karikaturhaftes Aufbäumen dieses Anspruchs? Es war dessen Ende, weil deutlich wurde, daß mit Waldheims Sieg dieser ideologische Konsens der Zweiten Republik den materiellen Interessen dieses Landes entgegenzustehen begann. Denn längst schon war die Entscheidung gefallen, Österreich wieder an einen größeren politischen und wirtschaftlichen Zusammenhang anzuschließen. So zeigte sich der Anspruch, alleine lebensfähig zu sein, schließlich an diesen einen Mann alleine delegiert, an den international isolierten Präsidenten in der nun »Bunker« genannten Hofburg, und dessen »Aussitzen« wurde nicht mehr stolz gemessen am Schicksal der Ersten Republik, sondern bange an den Erwartungen, die die politische Elite in Hinblick auf eine »Dritte Republik« zu haben begann. Noch ist dieser immer wieder in die Diskussion geworfene Begriff »Dritte Republik« nichts als eine nicht näher bestimmte Floskel, die nicht mehr und nicht weniger bedeutet als dies: Es kommt offenbar ein Gefühl davon auf, daß die Zweite Republik am Ende ist.

Natürlich wird nicht deshalb vom Ende der Zweiten Republik gemunkelt, der Begriff »Dritte Republik« in immer neuen Nullnummern vorgestellt und der EG-Beitritt, vollzogen, weil sich irgend etwas grundsätzlich an der Einschätzung der politischen Stabilität und wirtschaftlichen Lebensfähigkeit Österreichs geändert hätte – es scheint vielmehr so zu sein, daß es in Österreich einen besonderen Hang zu Endzeiten gibt. Man muß Endzeiten sagen, also den Plural verwenden, weil es eine österreichische Erfahrungstatsache ist, daß am Ende einer Endzeit nie das Ende ist. Die zur Jahrhundertwende geborene Generation etwa hat dies bekanntlich viermal erleben können: Das Ende der Habsburger-Monarchie. Das Ende der Ersten Republik. Das Ende des Ständestaates. Das Ende der Ostmark als Bestandteil des Dritten Reiches. Diese Generation hat mit Fleiß und Hingabe die Zweite Republik aufgebaut, die nun strukturell mit dieser Erfahrung gesättigt ist, mit dieser praktischen Metaphysik, diesem weltlichen Katholizismus: Das Diesseits der Geschichte ist flüchtig, aber es gibt immer ein geschichtliches Jenseits, das erlöst.

Das definiert auch wesentlich unser Nationalgefühl. Ein Beispiel: Was wird in Österreich heute als Nationalliteratur empfunden und anerkannt? Robert Musil? Heimito von Doderer? Oswald Wiener? Bei Musil und Doderer wird man sofort einhellige Zustimmung erhalten, daß deren Werke tatsächlich Nationalliteratur sind.

Bei Wiener wird man im allgemeinen zunächst stutzen und dann abwehren. Dabei haben alle drei Autoren Wesentliches gemeinsam: Jeder von ihnen wollte den großen, totalen, definitiven Roman schreiben, und die Bedeutung und die literarische Qualität aller drei steht völlig außer Streit. Aber während Musils *Mann ohne Eigenschaften* das Ende der Habsburger-Monarchie beschreibt, und Doderers *Dämonen* sich mit dem Ende der Ersten Republik auseinandersetzt, ist Wieners *verbesserung von mitteleuropa* in dieser Beispielreihe die einzige genuine literarische Reflexion der Zweiten Republik, weshalb dieser Roman – zur Zeit seiner Abfassung war noch kein Ende der Zweiten Republik absehbar – als einziger dieser drei nicht als deren Nationalliteratur empfunden wird.

Eine Diskussion darüber, wie repräsentativ ein literarisches Werk für die nationale Identität ist, sollte erst viele Jahre später von Thomas Bernhard ausgelöst werden, durch sein Stück *Heldenplatz* – das sich ebenfalls wieder auf einen historischen Untergang Österreichs bezieht.

Ein weiteres Indiz ist, daß es in letzter Zeit, nachdem die Zweite Republik sich so lange jede grundsätzliche Selbstreflexion ersparen zu können glaubte, nun doch zu einer breiten Diskussion der eigenen Identität, zu einem Hinterfragen der Geschichte, zu öffentlichem Nachdenken und Bedenken gekommen ist. Es ist bekannt, daß die Eule der Minerva ihren Flug in der Dämmerung beginnt.

In der Zweiten Republik war allerdings, wie im folgenden auch gezeigt werden soll, alles von Anfang an in ein so eigentümliches Zwielicht getaucht, daß die Dämmerung nicht so einfach davon zu unterscheiden ist. Wir erkennen also nicht die Dämmerung und können schließen, daß die Eule der Minerva nun ihren Flug wohl beginnt, sondern wir sehen die Eule und wissen, daß die Dämmerung eingesetzt haben muß.

Die breite Auseinandersetzung über die Verfaßtheit Österreichs war aber von Anfang an nostalgisch, das heißt, es ging nur noch darum, daß wir, in Brüssel angekommen, wissen wollen, wer wir gewesen sind.

2.

Kein Land der Welt hat sich selbst öffentlich so wenig problematisiert und grundsätzlich reflektiert wie die Zweite österreichische Republik. Selbst die Nationalfeiertage, anderswo Gelegenheit für programmatische Überlegungen der politischen Repräsentanten, wurden hierzulande bald nur noch für Aufrufe zu Fit-Märschen genützt, während weitgehend sogar vergessen wurde, woran der Nationalfeiertag erinnern sollte, ganz zu schweigen von den Konnotationen, die es gerade in Österreich hat, wenn das Volk aufgerufen wird zu marschieren. Intellektuelle und Künstler, die sich kritisch mit der politischen und gesellschaftlichen Verfaßtheit Österreichs auseinandersetzten, wurden von Gerichten verfolgt bzw. später, im Zuge einer Liberalisierung oder zumindest einer Erosion der versteinerten Verhältnisse, nur noch dazu aufgefordert, sich psychiatrieren zu lassen. Auch die schließliche Aufdeckung von politischen Skandalen befriedigte in keiner Weise das Bedürfnis nach wenigstens einem Minimum von politischer Aufklärung, sondern übersättigte mit einem Maximum an Aufklärung über das Fehlverhalten einzelner Menschen, was zu einer Moralisierung der Republik führte, statt zu ihrer Aufklärung.

Diese Abwehr gegenüber jeder grundsätzlichen Problematisierung der Republik wird gerne mit der traumatischen Erfahrung begründet, die mit der Ersten Republik gemacht worden war: daß ein Staat untergehen kann, wenn nicht an ihn geglaubt wird. An die Zweite Republik mußte daher bedingungslos und ohne Widerspruch geglaubt werden. Das programmatische »Nie wieder!« der Nachkriegspolitiker bezog sich nicht so sehr auf den Faschismus, als auf die Konflikte, Widersprüche, Auseinandersetzungen und die Kritik, die erfahrungsgemäß einen Staat existentiell bedrohen können. Die Gründerväter der Zweiten Republik, die erlebt hatten, daß Menschen wegen ihrer Gesinnung verfolgt worden sind, beschlossen, damit dies nie wieder geschehe, ein System zu errichten, in dem man sich ohne Gesinnung zusammensetzen kann.

Dieses System, die Sozialpartnerschaft, bewirkte, daß alle gesellschaftlichen und politischen Widersprüche und Gegensätze mitsammen identisch wurden, wodurch österreichische Identität bald nichts anderes mehr bedeutete, als daß hier jegliche konkrete Identität obsolet geworden ist.

Erst vor nicht allzulanger Zeit begann sich das zu ändern. Die Erfolge österreichischer Schriftsteller, die sich konsequent mit der österreichischen Realität kritisch auseinandersetzten (wie etwa Bernhard, Turrini, Haslinger), sind ein Indiz dafür, daß ein gesellschaftliches Bedürfnis nach Selbstreflexion wuchs, die jüngste Entwicklung in Europa machte die Frage nach der Selbsteinschätzung Österreichs und seiner Stellung im nun völlig geänderten Kontext virulent, und die Perspektive des EG-Beitritts Österreichs verstärkte noch zusätzlich die aufkommende Diskussion um Österreichs Identität.

Es ist natürlich nicht verwunderlich, daß sich bei dieser Diskussion das historische Defizit, der Mangel an Tradition einer entsprechenden Auseinandersetzung und das Fehlen eines gewachsenen reflexiven Selbstverständnisses und daraus folgender Parameter allzu deutlich bemerkbar macht. Die Beschreibung österreichischer Verhältnisse wird ja heute gleich als Parodie oder zumindest als Übertreibung empfunden, eine einfache analytische Ableitung als zweifelhafte Spekulation, und das Denken in historischen Zusammenhängen, die manches an der eigentümlichen Gewordenheit der Zweiten Republik verständlich machen, gilt als Provokation, als »Aufreißen alter Wunden«. Diese Wunden muß man natürlich mitdenken, um die vollständige Bedeutung des Satzes zu ermessen, daß Österreich ein Verbändestaat ist.

Die Art, wie aber von offizieller Seite mit österreichischer Geschichte und österreichischer Identität umgegangen wird, schlägt allerdings immer neue wirkliche Wunden – Wunden in jedes denkende Gemüt. Dazu zwei Beispiele:

Bundespräsident Waldheim bat am Nationalfeiertag des Jahres 1991 um Entschuldigung für seinen Satz, er habe als Leutnant der deutschen Wehrmacht nur seine Pflicht getan. Ist ihm also die inhaltliche Tragweite dieses Satzes doch noch zu Bewußtsein gekommen, hat er zu einem späten, aber letztlich doch noch akzeptablen

Einsehen gefunden, was er mit diesem Satz eigentlich gesagt hatte? Nein. Er entschuldigte sich, sinngemäß zusammengefaßt, vielmehr dafür, daß er nach vielen Jahren im Ausland nicht habe wissen können, daß sich mittlerweile das geistige Klima in Österreich dahingehend verändert habe, daß ein solcher Satz nicht mehr selbstverständlich von allen akzeptiert werde. Wäre ihm dies bekannt gewesen, hätte er diesen Satz gewiß nicht gesagt.

Mit anderen Worten: Der Präsident, der einen Großteil seiner Amtszeit mit dem Dementieren des Vorwurfes, daß er gelogen habe, zugebracht hat, erklärt am Ende seiner Amtszeit, daß er auch in diesem Punkt liebend gerne gelogen hätte, wenn er nur besser darüber informiert gewesen wäre, was die Öffentlichkeit in dieser Frage zu hören wünscht.

Bundeskanzler Vranitzky erklärte im Parlament, daß es eine österreichische Mitschuld an den Nazi-Verbrechen gegeben habe. Sechsundvierzig Jahre nach Kriegsende und drei Jahre nach dem sogenannten »Bedenkjahr« kommt ein solches Eingeständnis eigentümlich spät. Wer wollte Vranitzky dafür tadeln? Man könnte ja auch sagen: endlich ein Regierungschef, der ein jahrzehntelanges Versäumnis ausräumt, endlich eine offizielle Anerkennung der bekannten Tatsache, daß diese Republik auf einer Geschichtslüge begründet wurde, auf der Lüge, daß Österreich ausschließlich Opfer der Nazi-Aggression gewesen sei. Spät, könnte man sagen, aber endlich doch!

Nun war aber Vranitzkys Erklärung leider keine grundsätzliche Erklärung zu Österreichs Geschichte und Verfaßtheit, sondern gewissermaßen nur eine Fußnote zu einer Erklärung über die Situation in Jugoslawien. Und die »österreichische Mitschuld an den Nazi-Verbrechen« wurde in einer Weise zugegeben, die sie gleichzeitig einmal mehr dementierte: Es habe eine Mitschuld gegeben – aber nur von seiten einzelner Österreicher, jedoch nicht von seiten Österreichs. Mit anderen Worten, es bleibt dabei: Österreich war ein Opfer. Weil keiner damals die Republik wollte, und weil es sie dann auch gar nicht mehr gab. Nur die Staatsbürger waren Täter. Nicht einmal die Staatsbürger, da es ja den Staat nicht mehr gab, sondern die einzelnen, die da lebten, in dieser Gegend, in diesem Raum, wo erst später, als der Nazi-Spuk vorbei war, wieder ein Staat gegründet wurde, der daher als Staat als unschuldig zu gelten habe.

Es gäbe unzählige solche Beispiele. Aber schon diese beiden zeigen symptomatisch das Dilemma jeglicher österreichischer Selbstreflexion. Ihr Prinzip ist das Entweder-und-Oder, eine unerträglich sich spreizende Verrenkung, mit der versucht wird, von jeder Seite des Widerspruchs ein Zipfelchen zu erhaschen, von den historischen Notlügen einerseits, die man nicht wegdiskutiert haben will, und von der historischen Wahrheit andererseits, die man nicht mehr ganz wegdiskutieren kann. Es wäre ein Irrtum zu glauben, daß die strukturelle Homologie in den Argumentationen zweier so unterschiedlicher Charaktere wie Waldheim und Vranitzky ein Zufall ist. Beide Äußerungen sind logische Konsequenz einer Systemlogik, die jede offizielle oder offiziöse Äußerung der Repräsentanten dieser Republik affiziert. Daß Österreich das Land des Entweder-und-Oder ist, wurde bereits in der Gründung der Zweiten Republik und in der Begründung ihres nationalen Selbstverständnisses angelegt. Die Geschichte von den traumatischen Erfahrungen mit der Ersten Republik, aus denen die Gründer der Zweiten Republik ihre Lehren gezogen haben, ist ja nur ein Teil der Wahrheit. Tatsache ist, daß die Gründer der Zweiten Republik Repräsentanten einer Generation waren, die, in der Geschichte höchst ungewöhnlich, um nicht zu sagen: einmalig, auf fünf verschiedene politische und staatliche Identitäten eingeschult wurde: von der Habsburger-Monarchie über die Erste Republik, Ständestaat, Nazi-Deutschland, in die Zweite Republik. Diese Erfahrung mußte natürlich zu einem tiefen Mißtrauen gegenüber jeglicher eindeutigen, positiv formulierten Identität führen, weshalb alle Gründungspostulate der Zweiten Republik wesentlich negativ abgeleitet waren: Dies soll nie wieder möglich sein und jenes nie wieder passieren können! Und überall dort, wo doch inhaltlich konkrete, positiv bestimmbare Beschlüsse getroffen wurden, wurden sie sofort auch in der Praxis in ihr Gegenteil aufgehoben: Man behielt die nationalsozialistische Legislation weitgehend in Kraft, während man entnazifizierte. Man entnazifizierte und buhlte gleichzeitig unverhohlen um die Stimmen der ehemaligen Nazis. Man stellte die Widerstandstätigkeit österreichischer Kommunisten gegen den Nationalsozialismus gegenüber den Alliierten aus, während man gleichzeitig die Kommunistische Partei innenpolitisch ächtete. Man rekurrierte auf die Leistungen der Habsburger-Monarchie als identitätsstiftenden Faktor und beschloß die Habsburgergesetze. Und so weiter.

Der Staat war gegründet, und man könnte diese Politik des Entweder-und-Oder für eine konjunkturelle politische Pragmatik halten. Aber der Staat war noch nicht souverän. Und wenn man nun untersucht, wie Österreich seine staatliche Souveränität erlangte, wird man feststellen, daß dieses Lavieren zwischen Gegensätzlichem, dieses eklektizistische Verhältnis zu historischen Widersprüchen, diese Angst vor eindeutiger politischer Selbstdefinition aus tief verwurzelter Angst vor den Wechselfällen der Geschichte zum Fundament der Unabhängigkeit Österreichs wurde, und damit zur Basis jeder weiteren politischen Praxis bis heute. Die Politik des Entweder-und-Oder hatte System und wurde systembegründend.

Zur Erlangung der staatlichen Unabhängigkeit war der Nachweis unabdingbar, daß Österreich eine eigene Nation sei. Nur dadurch nämlich war der Wunsch nach staatlicher Souveränität wohlbegründet und jeder Verdacht auf weitere Anschlußgelüste an Deutschland ausgeräumt.

Meines Wissens ist die Zweite Republik Österreich

der einzige Nationalstaat, der sich zu seiner Nationswerdung entschlossen hat und, das ist gewiß einmalig, dessen Nationswerdung wesentlich außenpolitische Gründe hatte. Innenpolitisch gab es keine zwingende Tendenz zur Selbstdefinition als eigene Nation. Noch 1956 waren bei einer Meinungsumfrage 46% der Bevölkerung der Meinung, daß Österreicher »zum deutschen Volk gehören«. Man kann sich vorstellen, wieviel höher der Prozentsatz zehn Jahre vorher, noch vor Einsetzen der massiven Nations-Propaganda gewesen ist. Der Satz »Wir sind eine Nation« bedeutete also, ins österreichische Deutsch übersetzt, zunächst nichts anderes als: »Dürfen wir wohl so frei sein, frei zu sein?«

Um diese Freiheit zu erlangen, wollte sich Österreich nicht nur auf sein diplomatisches Geschick verlassen, sondern vergewisserte sich all seiner Ressourcen. Das ist zwar selbstverständlich, zeigt aber in der besonderen Form, wie dies geschah, eine weitere Eigentümlichkeit der österreichischen Nationswerdung: Im Jahr 1946 beschloß ein kleiner innerer Kreis der österreichischen Regierung (Bundeskanzler, Vizekanzler, Außen- und Innenminister), die wertvollsten österreichischen Kunstschätze aus allen Wiener Museen abzuziehen und in den Westen zu evakuieren. Der Grund für diese mit den westlichen Alliierten akkordierten Aktion war, daß noch zu befürchten stand, die Sowjetunion könnte versuchen, ihre österreichische Zone dem Ostblock einzuverleiben und Österreich dadurch zu teilen. In diesem Fall sollte eine österreichische Exilregierung durch den Verkauf dieser Kunstschätze über ausreichend Kapital verfügen, »um die nationalen Interessen Österreichs mit Nachdruck in der Welt vertreten und durchsetzen zu können«. Die Kunstschätze wurden zunächst in die Schweiz gebracht, unter dem Vorwand, sie würden dort als Dank für die Schweizer Nachkriegshilfe ausgestellt, in der Folge wurden sie auf Wanderausstellung durch Westeuropa und schließlich in die USA geschickt, von wo sie erst 1954 zurückkehrten, als der Abschluß des Staatsvertrages absehbar war. Diese Geschichte zeigt, daß Österreich, noch bevor es im politischen Sinn eine Nation wurde, bereits eine Kulturnation war – insofern, als man sich eines kulturellen Nationalvermögens bewußt war, nämlich der geerbten Kulturgüter und Kunstschätze, und auch bereit war, diese zur materiellen Basis der durchzusetzenden Staatsnation zu machen. Die entsprechenden vorsorglichen Aktivitäten der damaligen Regierung waren nicht nur sehr weitblickend, in ihrem notwendigen Changieren zwischen Kulturnation und Staatsnation sind auch schon alle Eigentümlichkeiten des Nationsbegriffs und der nationalen Identität angelegt, die Österreich in der Folge herausbilden sollte.

Es gab und gibt ja bekanntlich zwei »klassische« Nationsbegriffe: den aus der deutschen romantischen Tradition, der Nation wesentlich als Sprach- und Kulturgemeinschaft versteht, und den im Sinne der französischen revolutionären Tradition, derzufolge eine Nation nichts anderes ist, als ein Staat, der vom kollektiven Wunsch gebildet wird, jedem einzelnen die bürgerlichen Freiheiten und Rechte zu garantieren.

Natürlich verbot sich der deutsche Nations-Begriff von selbst. Man setzte also zunächst massiv auf den französischen Nations-Begriff und propagierte die Idee einer österreichischen Nation, die wesentlich durch den kollektiven Willen der Bevölkerung zu Freiheit und Unabhängigkeit gebildet werde. Zugleich rekurrierte man, in Hinblick auf die Bundesrepublik Deutschland, von der man sich propagandistisch noch klarer unterscheiden wollte, auch wieder auf den deutschen Nations-Begriff, allerdings um ihn gegen die Deutschen zu wenden: Es wurden kulturelle Besonderheiten Österreichs im Unterschied zu Deutschland geltend gemacht, ein Argument, das innenpolitisch als »Mentalitätsunterschiede« wiederkehrte und durch die Anti-»Piefke«-Ressentiments, die es in Österreich nach '45 gab, verstärkt wurde. In den Schulen wurde damals sogar der Begriff »Deutsch« durch den Begriff »Unterrichtssprache« ersetzt.

Man spielte mit diesen Anti-»Piefke«-Ressentiments und propagierte die Idee einer österreichischen Nation, deren kulturelle Eigenart sich historisch aus dem Verschmelzen mannigfachster Einflüsse aus den ehemaligen österreichischen Kronländern entwickelt habe, und bestand gleichzeitig gegenüber den nun in Österreich lebenden Minderheiten auf der deutschen Sprachgemeinschaft als Basis für nationale Identität. Man gestand Sprache und Geschichte als konstitutiv für nationales Selbstgefühl zu und mußte das forcierte nationale Selbstgefühl ununterbrochen von sprachlichen Fallen und historischen Verbindlichkeiten reinigen: Die Propagierung der »österreichischen Nation« vermied tunlichst das zugehörige Adjektiv »national«, um nicht irrtümlich in den Anruch großdeutscher Propaganda zu kommen (es ist überaus lehrreich, die diesbezüglichen sprachlichen Windungen und Wendungen im *Neuen Österreich*, der damaligen Regierungszeitung, nachzulesen), und die Verweise auf die große österreichische Geschichte umgingen konsequent jegliche Auseinandersetzung mit den personellen und strukturellen Kontinuitäten aus der NS-Zeit.

Heute, post festum, kann man aber sagen: Es hat funktioniert. Österreich hat seine Souveränität erhalten, die Jahrzehnte der staatlichen Unabhängigkeit haben zweifellos eine zwar schwer bestimmbare, aber doch irgendwie deutlich empfundene eigenständige Mentalität hervorgebracht, und daß Österreich eine Nation sei, steht heute auch innenpolitisch so wenig in Frage wie außenpolitisch. Laut jüngsten Meinungsumfragen stimmen bereits rund neunzig Prozent der Österreicher dem Satz zu, daß Österreich eine eigene Nation sei. Damit übertrifft die allgemeine Zustimmung der Österreicher zu einer Nation Österreich prozentual sogar die Zustimmung der Franzosen zur Nation Frankreich. Zugleich aber zeigen die Meinungsumfragen, daß niemand in Österreich verbindlich zu sagen wüßte, *was eine Nation eigentlich sei, bezie-*

hungsweise worin die nationalen Eigenheiten Österreichs konkret bestünden. Das ist, in Anbetracht des österreichischen Nationalgefühls, nicht verwunderlich: Es besteht ja tatsächlich aus nichts Bestimmtem, besser gesagt, es besteht aus der wechselseitigen Aufhebung der klassischen Nationsbestimmungen. Es besteht aus Entweder-und-Oder. Wir sind eine deutsche Sprachgemeinschaft, die sich von der deutschen Sprachgemeinschaft distanziert. Wenn wir im Ausland Deutsch sprechen, weisen wir darauf hin, daß wir Österreicher sind, und erwarten, daß wir besser behandelt werden als die Deutschen. Wir sind, von der Entstehungsgeschichte her, eine Kulturnation, die bereit war, ihre Kulturgüter zu verkaufen, falls dies notwendig gewesen wäre, um eine Staatsnation zu werden. Wir sind eine Staatsnation geworden, die auf den politischen Implikationen dieses Begriffs aber nicht besteht, sondern, da wir unsere Kunstschätze zum Glück doch nicht verkaufen mußten, sich lieber als Kulturnation präsentiert. Wir definieren uns zwar auch über unseren Willen zu den bürgerlichen Freiheitsrechten, messen ihnen aber zugleich nicht unbedingt Bedeutung zu, wenn es darum geht, sie anderen zuzugestehen. Wir sind daher solidarisch mit allen, die sie haben, wir sind also zum Beispiel solidarisch mit Südtiroler Hoteliers, demontieren aber die Ortstafeln der in Österreich lebenden Slowenen, bieten Grenzschutz auf gegen asylsuchende Rumänen oder erlassen Aufenthaltsgesetze, die es ermöglichen, Menschen, die seit vielen Jahren hier gelebt und gearbeitet haben, plötzlich auszuweisen. Wir definieren uns über unsere Kultur und unsere Geschichte, und unsere Kultur besteht aus einem selektiven Umgang mit Geschichte, und Geschichte ist für uns die herzeigbare geerbte Kultur. Wir sind neutral, aber wir haben unsere Verpflichtungen, weshalb wir über Nacht Gesetze ändern, um die Durchfuhr von Kriegsmaterialien durch unser Land zu ermöglichen, ohne unsere Neutralität zu verletzen. Wir sitzen vor dem Fernsehgerät und sehen im »Club 2« eine Diskussion, in der Jörg Haider unwidersprochen den Nations-Begriff ausschließlich im Sinn von »Sprach- und Kulturgemeinschaft« verwendet, bis er schließlich sogar Simon Wiesenthal dazu bringt »zuzugeben«, daß auch er, Simon Wiesenthal, der »deutschen Nation« angehöre, und wir wissen: Hier sind wir zu Hause. Wir halten Jörg Haider wegen seiner Aussagen zur österreichischen Nation und zum Nationalsozialismus als Landeshauptmann von Kärnten für untragbar, aber wir halten ihn schon am nächsten Tag als Landeshauptmannstellvertreter für tragbar. Kurz gesagt, Österreich ist ein Paradebeispiel für die Hegelsche Definition von Identität, derzufolge Identität nichts anderes sei als die Identität mit der Nicht-Identität. Mit anderen Worten: Wir sind ehrlich davon überzeugt, nicht zu lügen, solange wenigstens das Gegenteil wahr ist.

Allerdings: durch diese wechselseitige Aufhebung der beiden klassischen Nationsbegriffe ist tatsächlich so etwas wie eine spezifische nationale Eigenheit entstanden: Österreichische Nation – das ist gleichsam der *dritte Nations-Begriff*.

Man kann empirisch belegen, daß es keine signifikante Anzahl von Österreichern gibt, die zum Begriff österreichische Nation die Implikationen des Begriffs Staatsnation assoziiert, etwa »kollektiver Wille zur Garantie der bürgerlichen Freiheitsrechte jedes einzelnen«. Andererseits ist durch die forcierte Abgrenzung von Deutschland nichts vom Deutschnationalismus, aber auch kaum etwas von den konstitutiven Elementen des deutschen romantischen Nationsbegriffs übriggeblieben. Der Satz etwa: »Wir sind eine Nation, weil wir alle dieselbe Sprache sprechen« kommt jedem Österreicher, egal auf welcher Seite des weltanschaulichen Spektrums, komisch vor. Jene Meinungsumfrage, die ein repräsentatives Sample von Österreichern bat, den Satz »Wir sind eine Nation, weil...« zu ergänzen, erhielt in überwältigender Mehrzahl bloß tautologische Antworten, wie zum Beispiel: »Wir sind eine Nation, weil wir alle Österreicher sind!«

Alle negativen Erfahrungen, die dieses Land in seiner Geschichte mit der Idee des Nationalstaates und dem Nationalismus gemacht hat – von den Nationalitätenkonflikten der Habsburger-Monarchie über den operettenhaft inszenierten Österreich-Patriotismus des Ständestaates bis zum Nationalsozialismus –, sind in diesem aus Aufhebungen zusammengesetzten neuen österreichischen Nations-Begriff erlöst. Andererseits: Gerade vor dem Hintergrund der jüngsten Geschichte erweist sich die inhaltliche Unbestimmtheit des österreichischen Nations-Begriffs als seine wesentliche inhaltliche Bestimmung: Wo nichts ist, kann auch keine Schuld sein.

Als Adolf Eichmann im Jahr 1960 vom israelischen Geheimdienst verhaftet wurde und seinem Prozeß entgegensah, machte sich die österreichische Regierung wegen der Konsequenzen Sorgen, die es hätte, wenn Eichmann *als Österreicher* verurteilt wird. Man fand eine einfache und schlüssige Lösung: Eichmann wurde die österreichische Staatsbürgerschaft, also seine Nationalität, aberkannt. Fünf Jahre nach der Erlangung der staatlichen Souveränität hat die Zweite Republik Österreich bereits die innovative Bedeutung seines Nationsbegriffs demonstriert: nämlich eine Staatsnation zu sein, die ihren Bürgern *historische Unschuld* garantiert.

Dieser Nationsbegriff prädestinierte Österreich nun in besonderer Weise für einen Beitritt in die EU. Er ermöglichte Österreich nämlich in aller Unschuld diesen Schritt zu tun, der nach den geschichtlichen Erfahrungen dieses Landes so problematisch erscheint, wie für keine andere Nation. Denn der Widerspruch zwischen den Allüren, etwas ganz Besonderes zu sein, und der Sehnsucht, in einem größeren Zusammenhang aufzugehen, hat Österreich schon einmal zerrissen. Das in der Zweiten Republik aber herausgebildete Nationalgefühl hat auch diesen Widerspruch nach dem Entweder-und-Oder-Prinzip synthetisiert, so daß er nicht mehr als Widerspruch empfunden wird: Bei einer Meinungsumfrage zum Thema »Österreichbewußtsein« vor rund zehn Jahren gaben sechzig Prozent der Befragten an, daß »Österreich eine besondere Rolle in Europa« spiele, während gleichzeitig sage und schreibe rund fünfzig Prozent schon damals, im Jahr 1984, glaubten, *daß Österreich bereits EG-Mitglied sei.*

3.

In einem Märchen erzählt der österreichische Dichter Joe Berger von einem Brathühnchen, einem Backhähnchen und einem Hirschrücken, die einander in einem Restaurant treffen. Die drei unterhalten sich miteinander und versuchen mit Geschichten aufzutrumpfen, die zeigen sollen, wie stark, selbstbestimmt und erfolgreich ihr Leben sei. Nach einer Weile aber ruft der Hirschrücken den Oberkellner und sagt: »Bitte, wenn Sie uns servieren würden; wir wollen unsere Hungrigen nicht warten lassen.«

In einem Land, in dem Märchen und Legenden konstitutiv für dessen politische und gesellschaftliche Verfaßtheit und für das Selbstverständnis und die Identität der Bevölkerung wurden, sind literarische Märchen natürlich genuin realistisch.

Deutlich wurde dies etwa bei der Diskussion über eine Änderung des österreichischen Staatswappens, die Ende 1991/Anfang 1992 Vertreter aller Parteien bis hin zu Bundespräsidenten und Bundeskanzler erfaßte, bis schließlich der Grün-Abgeordnete Peter Pilz den Vorschlag machte, den Adler im Wappen durch ein Backhendl zu ersetzen.

Natürlich war alles falsch, was in dieser Diskussion geäußert wurde, genauso unsinnig, wie die selbstgefälligen Lügen, die Brathühnchen, Backhähnchen und Hirschrücken einander im Restaurant erzählen.

Das Ausland – so wurde argumentiert – werde es nicht verstehen, daß Österreich, nach dem Bankrott der Sowjetunion und nachdem deren Nachfolgerepubliken alle kommunistischen Symbole aus ihren Wappen und Flaggen entfernt haben, als einziges Land der Welt an Hammer und Sichel in seinem Staatswappen festhalte.

Natürlich war nicht gemeint, daß die »kommunistischen Symbole Hammer und Sichel« im österreichischen Staatswappen durchaus dem österreichischen Selbstverständnis weiterhin entsprechen würden, wenn die Sowjetrepublik nicht bankrott gemacht hätte. Aber abgesehen davon, war auch falsch, was durchaus gemeint war: »Das Ausland« – ohne es jetzt näher bestimmen zu wollen – hat wahrlich andere Sorgen als das österreichische Wappen. Und das österreichische Wappen enthält keine »kommunistischen Symbole«; es besteht aus einem Adler, der mit den Symbolen der »drei Hauptstände« der Gesellschaft »gewaffnet« ist, wie es im österreichischen Staatswappengesetz heißt: Mauerkrone, Hammer und Sichel, die für Bürger, Arbeiter und Bauern stehen. Nun mögen Hammer und Sichel, so sie gekreuzt sind, ein kommunistisches Symbol sein, die Trias Mauerkrone, Hammer und Sichel ist gewiß kein kommunistisches Symbol. Zu behaupten, daß diese Trias ein kommunistisches Symbol enthalte, ist so absurd, als würde man sagen, daß die rot-weiß-rote österreichische Fahne zweimal die kommunistische rote Fahne und die österreichische Bundeshymne in der Zeile »Land der Hämmer« ein halbes kommunistisches Emblem enthalte.

Und doch enthüllt die Wappendiskussion eine tiefe österreichische Wahrheit, und zwar in der Tatsache, daß es ein äußerer Anlaß war, der diese Diskussion auslöste, und daß es das Ausland ist, auf das sie sich bezieht. Die Wahrheit ist, daß es in Österreich eine tiefverwurzelte Angst gibt, daß dem Ausland der Appetit auf Österreich plötzlich vergehen könnte. Österreichische Politiker sind daher immer wieder in der Situation des Hirschrückens, dem plötzlich einfällt, daß draußen die Hungrigen warten. Dieser Sachverhalt ist sogar im österreichischen Wappen enthalten, allerdings hat es keiner bemerkt. Und schon den Republikgründern ist offenbar entgangen, welch peinliche Wahrheit sich in diesem Wappen in Wahrheit versteckt:

Am 1. Mai 1945 beschloß das Parlament der neugegründeten Republik Österreich das Gesetz über Wappen, Farben, Siegel und Embleme, kurz das sogenannte »österreichische Wappengesetz« (StGBl. 7). Artikel 1 (1) lautet: »Die Republik Österreich führt das mit Gesetz vom 8. Mai 1919, St.G.Bl. Nr. 257, eingeführte Staatswappen...« Die Gründe dafür, daß die Zweite Republik das Staatswappen der Ersten Republik wiedereinführte, scheinen zunächst unmittelbar einsichtig: Die Zweite Republik war zwar ein neugegründeter Staat, aber er war nicht aus dem historischen Nichts entstanden. Die Wiedereinführung des Staatswappens der Ersten Republik sollte ausdrücken, worin sich dieser Staat historisch verwurzelt sah, nämlich im Besten der österreichischen Geschichte, seiner zwar kurzen, aber immerhin doch existierenden republikanischen Tradition. Tatsächlich war und ist dieses Staatswappen insofern ein genuin republikanisches, da es in dieser Form weder vor der Ersten Republik noch während des autoritären Ständestaates und natürlich auch nicht während der Nazi-Herrschaft existiert hatte. Die Symbole des Wappens sind zwar weder kühn noch originell, aber für die Republik durchaus sinnig: Der einköpfige Adler ist historisch das Symbol für republikanische Staatsgewalt, und er trägt Mauerkrone, Hammer und Sichel, die Bürger, Arbeiter und Bauern symbolisch darstellen.

Dieses Wappen erschien also als inhaltlich sinnvoll, in der österreichischen Geschichte verwurzelt und dennoch nicht belastet, und wurde daher 1945 ohne weitere Diskussion wiedereingeführt, mit der bekannten kleinen Ergänzung, daß »zur Erinnerung an die Wiedererringung der Unabhängigkeit Österreichs und den Wiederaufbau des Staatswesens (...) eine gesprengte Eisenkette die beiden Fänge (des Adlers) umschließt«.

Natürlich ist es bedauerlich, daß es 1945, weil alles so unmittelbar logisch und einsichtig schien, zu keiner Diskussion über dieses Wappen gekommen ist. Dadurch hatte nämlich der Gesetzgeber, ohne es zu bemerken, der Republik gewissermaßen ein Ei gelegt, das Kuckucksei, auf dem der Adler heute noch brütet. Um dieses Ei im österreichischen Wappen zu sehen, müssen wir uns nun mit dessen verdrängter Entstehungsgeschichte beschäftigen.

Es wird heute behauptet, daß es auch 1919 keine Diskussion in Hinblick auf die Gestaltung des österreichischen Staatswappens gegeben habe. Die Erste Republik sei innenpolitisch unter dem Druck der Kommunisten und radikalen Sozialisten, außenpolitisch unter dem Druck der kommunistischen Räterepubliken in Bayern und Ungarn gestanden. Dies sei der Grund, warum Hammer und Sichel ins Wappen der ersten Republik, gleichsam in einer Nacht-und-Nebel-Aktion, Eingang gefunden hätten. Diese Behauptung ist schlicht falsch. Es gab zwar keine Debatte nach Einbringung des Staatswappengesetzes im Parlament, aber es gab eine intensive, ja hitzige Diskussion vor der Einbringung und Lesung des Gesetzesentwurfes. Und diese Diskussion ist wahrlich interessant: In der Phase der Ausarbeitung des Gesetzesentwurfes plädierte Miklas, der Verhandlungsleiter der christlichsozialen Fraktion, dafür, die österreichischen Landesfarben Rot-Weiß-Rot zu den Staatsfarben der Republik zu machen. Renner, für die Sozialisten, war dagegen. Er argumentierte, daß die Republik mit dem programmatischen Namen Deutsch-Österreich alleine nicht lebensfähig und daher der baldmögliche Anschluß an Deutschland zu suchen sei. Es wäre daher sinnvoller, der Republik sofort die deutschen Nationalfarben Schwarz-Rot-Gold zu geben, zumal »die Wahl der Farben Schwarz Rot und Gold tatsächlich die nationale

Zusammensetzung der Republik Deutschösterreich versinnbildlicht«, wie der österreichische Staatsrat bereits am 31. Oktober 1918 festgehalten hatte. Nach einiger Diskussion, in der natürlich auch außenpolitische Rücksichten eine Rolle spielten, einigten sich die Führer der beiden großen Parteien auf einen Kompromiß: Die österreichische Staatsflagge sollte Rot-Weiß-Rot, das österreichische Staatswappen aber Schwarz-Rot-Gold enthalten. Allerdings mußte Renner auch hier noch weiter, als ihm lieb war, zurückstecken. Sein ursprünglicher Antrag, daß also »das Staatswappen aus einem Stadtturm aus schwarzen Quadern, gekreuzten Hämmern in Rot, umgeben von einem goldenen Kranz von Ähren« zu bestehen habe, die zugleich auch »die drei Hauptklassen der Gesellschaft symbolisch darstellen« würden, konnte Miklas auch nicht begeistern. Er vermißte das Symbol für die Staatsgewalt – man einigte sich also auf den Adler. Die »drei Hauptklassen« machten Miklas auch nicht glücklich, er sprach von den »Hauptständen«, eine Formulierung, die er auch für die letzte Formulierung des Gesetzes durchsetzte. Zwei Hämmer fand Miklas zu viel, das würde die Stärke und Bedeutung der Arbeiterschaft überrepräsentieren – man einigte sich auf lediglich einen Hammer. Und der Ährenkranz sei, wie der Christlichsoziale Miklas wußte, Symbol lediglich für den Erntedank, nicht aber für die Arbeit der Bauern – weshalb er als Symbol für die bäuerliche Arbeit eine Sichel durchsetzte. Der Kompromiß sah also letztendlich so aus:

»Das Staatswappen der Republik Deutsch-Österreich besteht aus einem freischwebenden, einköpfigen, *schwarzen, rot* gezüngelten und *golden* gewaffneten Adler«, und die »Waffnung« sind eben die drei bekannten Ständesymbole Mauerkrone, Sichel und Hammer.

Im Parlament gab es in der Folge keine Diskussion mehr, wie das immer so ist, wenn die Gesetzesvorlage ein schon vorher ausgehandelter Kompromiß der Fraktionsführer ist.

In der, dank Renner, schwarz-rot-goldenen Farbsymbolik des österreichischen Wappens sind bis heute die österreichischen Anschlußgelüste an Deutschland enthalten – ohne daß dies jemals problematisiert, geschweige denn zu ändern vorgeschlagen wurde. Gegenüber der Farbsymbolik des österreichischen Wappens ist das offizielle Österreich offenbar blind. Aber die vom christlichsozialen Politiker Miklas gegen die Vorstellungen der österreichischen Sozialisten durchgesetzten Ständesymbole Sichel und Hammer sind den österreichischen Konservativen heute ein Dorn im Auge – wahrlich symbolisch für die aktuelle Verfaßtheit der Zweiten Republik und für das heute in Österreich herrschende Bewußtsein ist wohl erst dieser Sachverhalt. Er ist auf so rätselhafte Weise typisch österreichisch, wie die Tatsache, daß es ausgerechnet der Ständestaat war, der die Ständesymbole aus dem österreichischen Wappen tilgte. Erscheint Vranitzky, Klestil, Waldheim und all den anderen, die sich für die Entfernung der Ständesymbole aus dem Wappen aussprachen, das Wappen des Ständestaats für die Zweite Republik gemäßer, als das Wappen der Ersten Republik? Dann aber sollte man wirklich aufs Ganze gehen: Im Ständestaat wurde dem Adler auch ein Heiligenschein verpaßt – und der wäre ohne Zweifel für die heutige Verfaßtheit Österreichs stimmig, denn er würde symbolisieren: Wir sind nicht von dieser Welt.

4.

Als die Republik jüngst ihre staatlichen Symbole diskutierte, sich fragte, ob das eine oder andere überhaupt noch stimmig sei oder nicht besser entfernt bzw. durch anderes ersetzt werden sollte, wurde ein bestimmtes Symbol für die Verfaßtheit der Zweiten Republik nie in Frage gestellt. Wahrscheinlich zu Recht. Es ist zwar kein offizielles Symbol, aber doch ein allgemein bekanntes, und offenbar hat sich an dessen Stimmigkeit nichts geändert. Ich meine den Punschkrapfen. Was ist ein Symbol? Laut Wörterbuch ein einfaches Sinnbild, das auf einen komplexen Zusammenhang verweist. Der Punschkrapfen ist ein unmittelbar einsichtiges Beispiel. Er ist außen rosa, innen braun. Man könnte die Beschreibung noch durch den Hinweis sinnvoll präzisieren, daß der Konditor die braune Füllung in der Regel aus Resten gewinnt, die er durch Alkohol gewissermaßen neutralisiert. Daß der Punschkrapfen als Symbol für die Zweite Republik gelten kann, funktioniert nur auf der Basis von zwei Voraussetzungen: Erstens ist der Punschkrapfen tatsächlich ein zwar unwesentlicher, aber doch irgendwie typischer Bestandteil der österreichischen Lebensrealität. Zweitens muß dessen Beschreibung zumindest ein minimales historisches Wissen ganz selbstverständlich evozieren, in diesem Fall die historische Bedeutung der Farbe Braun. Natürlich weiß jeder, auch wenn er von österreichischer Geschichte nichts weiß oder nichts mehr wissen will, weil einmal Schluß sein muß, daß es dieses unrühmliche bzw. finstere Kapitel, den Faschismus, in der österreichischen Geschichte gegeben hat, und erst unter dieser Voraussetzung entfaltet der Punschkrapfen als Symbol sein Verweissystem auf die komplexeren aktuellen Realzusammenhänge.

Aus einem weiteren Grund kann der Punschkrapfen als ein besonders geglücktes Symbol gelten: Es kann von den einen als kritisches Symbol verstanden werden, und dabei von den anderen immer noch eine augenzwinkernde Zustimmung erhalten. Der Punschkrapfen ist dadurch gewissermaßen ein Idealsymbol, weil es einen realen gesellschaftlichen Widerspruch und reale Polarisierung genauso ausdrückt, wie die ebenso reale allgemeine einhellige Zustimmung zu Österreich.

Natürlich tun sich, wenn wir darüber nachdenken, Abgründe auf. Aber es wäre nicht Österreich, wenn nicht unten am Grunde des Abgrunds ein Kurhotel stünde.

Stellen wir uns nun vor, daß wir uns in einem Zimmer dieses Hotels befinden. Wir blicken aus dem Fenster. Es ist natürlich »ein Fenster ohne Aussicht«. Denn vor dem Fenster ragt die Felswand des Abgrunds empor. Was tun? »Man könnte zum Beispiel sich bemühen, der Felswand Anregungen zu entnehmen, Spuren zu entziffern, Analogien zu finden in den Rissen, Schrunden und Buckeln das Relief einer Landschaft.

Die Felswand ist ungefähr einen Meter vom Fenster entfernt. Sie hat schimmelfarbene und rosa Flecken in feuchtem Braunschwarz wie die Füllung eines Punschkrapfens. Die Draperie des Fensters erinnert an Tortenpapier.«

So beginnt das Romanfragment *Katzenmusik* von Gerhard Fritsch. Er hat 1968/1969 daran gearbeitet und es blieb durch seinen Tod unvollendet. Es ist 1974 erschienen, aus dem Nachlaß herausgegeben von Alois Brandstetter.

Fritsch versucht sich eine Hauptfigur vorzustellen, er nennt sie Swedek, und sieht »Tortenpapier. Wie es an Punschkrapfen klebt, aus Sargfugen sich spreizt, um Altäre getan, von Serviermädchen umgebunden wird.« Er kann an Swedek nicht denken, ohne ihn sich vorzustellen, wie er in Punschkrapfen beißt. Und noch in der Felswand vor dem Fenster sieht er die Füllung eines Punschkrapfens. Diese Introduktion ist natürlich programmatisch. Aus ihr purzeln die Assoziationen und Verweise schneller heraus, als wir mit dem Lesen innehalten können. Wieso ist ein Fenster, vor dem sich eine Felswand befindet, ein »Fenster ohne Aussicht«? Ist der Blick auf eine Felswand keine Aussicht? Wieso gibt der Blick auf diese Felswand das Gefühl von Aussichtslosigkeit? Weil die Felswand an die Füllung eines Punschkrapfens erinnert, also daran, wo wir uns wirklich befinden, ohne Chance zu entkommen? Aber wie sehr kann eine Felswand tatsächlich an einen Punschkrapfen erinnern? Ist es möglich, daß die Geschichte, die wir aus unserem Bewußtsein gestrichen haben, sich hinterrücks in die Landschaft eingeschrieben hat? Oder doch nicht, und wir sehen sie nur in allem Unschuldigen, weil wir sie von uns abgestreift haben, um selbst als Unschuldige gesehen werden zu können? Wie lange kann die Kindheit oder Jugend einer Generation fortwirken, wie lange bleibt eine Vorgeschichte wirksam, wenn diese Generation in die besten Jahre gekommen ist und mittlerweile auf eine ganz andere Geschichte zurückblicken kann, auf eine, durch die alles, was davor war, aufgehoben wurde? »Aufgehoben« in welchem Sinn? Das Zimmer, in dem wir uns mit Swedek befinden, »riecht nach Naphthalin«, schreibt Fritsch. »Auch wenn man das Fenster aufmacht, riecht es so. In den Gängen riecht es so, in den Wiesen, im Wald. Hier ist Kindheit eingemottet.« Wie verläßlich ist dieser Eindruck? Eine andere Figur des Romans, Pepi Herzlich (»Eigentümer der Kuranstalt Dr. Herzlich, Kategorie B«) findet diesen Eindruck absurd. »Bei uns verwendet seit langem niemand mehr Naphthalin. Ein Wald, der nach Naphthalin riecht! Sie sollten einmal mit Kollegen Frankl sprechen«, sagt er.

1969 geschrieben! – Aber die letzten Beispiele dafür, daß ein Fall von Kritik als kritischer Fall empfunden wird und zur Aufforderung führt, sich an einen Arzt zu wenden, sind nicht so lange her. Und Pepi Herzlich protestiert beim Autor: »Wollen Sie mich umfunktionieren? Das habe ich hinter mir, lieber Freund. Ich habe mich selbst umfunktioniert.«

Der Roman *Katzenmusik* erzählt keine Geschichte, er verweist auf die Geschichte. Die Radikalität, mit der die Handlung eines literarischen Textes ihren Sinn nur entfaltet, wenn man die sogenannte große Geschichte mitdenkt, ist in der österreichischen Literatur einzigartig. Die inhaltliche Grundkonstellation des Textes ist rasch erzählt. Ein Mann namens Swedek befindet sich in einem österreichischen Kurort. Er wohnt gratis in einem Kurhotel, als Gegenleistung dafür, daß er sich bereit erklärt hat, für die Tochter des Hoteliers eine Doktorarbeit zu schreiben, mit dem schönen Titel: »Das Motiv des Kuraufenthalts in Heilbädern der deutschösterreichischen Alpen in der neueren Literatur unter besonderer Berücksichtigung von Darstellungen eigenen Erlebens des Autors«. Natürlich erwartet Swedek für seine Arbeit nicht nur gratis Kost und Logis, sondern auch einen sexuellen Profit, den die Tochter ihm aber nicht gewährt, statt dessen wird Swedek von deren Mutter sexuell ausgebeutet. Allerdings arbeitet Swedek nicht allzu konsequent an dieser Dissertation, er schaut aus dem Fenster, geht im Kurpark spazieren, sitzt auf der Hotelterrasse und ißt Punschkrapfen, er macht Beobachtungen, hat Eindrücke, Phantasien, kleine Erlebnisse, er, der Ghostwriter, sieht überall Gespenster, »die Gespenster, die man überall sieht, daheim und in den Sommerfrischen«. Die einzelnen Abschnitte haben keinen unmittelbaren Zusammenhang, sie sind jeweils so autonom, wie die einzelnen Kurgäste oder die einzelnen sogenannten »Einheimischen«, die man in einem Kurort treffen kann. Der Zusammenhang stellt sich erst im Verweissystem der Erzählung her, im historischen Unter- und Überbau, die Swedeks Erzählungen stickig bedrohlich umschließen und zusammenfassen wie eine Eierschale. Swedek ist, wie man erfährt, »Marxist«, allerdings ein »lyrischer«. Als solcher ist er natürlich mit einem undogmatischen, scharf analytischen Blick begabt, aber auch mit einer bedrohlich bildhaften Phantasie. So ein Marxist eignet sich natürlich nicht zum »Protagonisten einer Geschichte«, wie Fritsch anmerkt, aber doch zum »Katalysator«.

Eine Episode in diesem Buch ist von geradezu verwirrender Aktualität: Die Geschichte des Lehrers Edwin Brunner liest sich heute wie die Geschichte des Lehrers Franz Rieser – geschrieben rund zwanzig Jahre bevor dessen gespenstisches Attentat gegen den damaligen Kärntner Landeshauptmann Leopold Wagner und sein nachgeliefertes journalistisches Psychogramm durch die österreichische Presse geisterte.

Aber die immer noch aktuelle Bedeutung der *Katzenmusik* liegt nicht im »Prophetischen«. Im Gegenteil: gerade auch diese Prophetie zeigt, wie schlüssig die Beschreibung einer Realität sein kann, wenn man sie konsequent in die Bedingungen ihrer historischen Genese einbettet. Mit anderen Worten: Die Aktualität der *Katzenmusik* liegt in ihrer Fixiertheit auf die Historie. Wenige in der österreichischen Literatur haben dies gewagt, keiner so radikal, sowohl gedanklich als auch künstlerisch, wie Gerhard Fritsch. Die Radikalität seiner literarischen Technik liegt darin, daß er die Geschichte, die, aufgelöst in Geschichten, nur unerträglich banalisiert hererzählbar wäre, völlig ausspart und statt dessen einen Reigen von Symbolen vorführt, stimmige Sinnbilder, die einen vielfältigen und komplexen Verweiszusammenhang konstruieren, in denen das Beschriebene erst seinen Sinn entfaltet. Der Punschkrapfen war nur der Anfang, buchstäblich das Prinzip der Erzählbewegung. Der Kurort als Schauplatz der Erzählung. Die Bedeutung des Fremdenverkehrs für die Zweite Republik, sowohl wirtschaftlich als auch als identitätsstiftender Faktor (das schöne, herzeigbare Land, wo alle sich wohl fühlen), muß hier wohl nicht räsoniert werden. Es ist natürlich »Nachsaison«, also die Zeit nach dem *Nachsommer* – immerhin erfährt man, daß Stifter hier, an diesem Ort, »gut und reichlich gegessen« haben könnte –, es herrscht also, wie es heißt, »die tote Zeit«. Totgeschlagen? Oder totgeschwiegen? Wie auch immer. Auf dem Hauptplatz des Kurortes, neben einer Erfrischungsbude, steht ein Guckkasten, der in simpler Mechanik eine abstrus primitive Legende vorführt, wie es zur Entstehung des Ortes gekommen sein soll. Aber die rührende Geschichte des Protestanten, der durch eine Erscheinung zum Katholizismus bekehrt wird und der daraufhin den Schwur leistet, hier eine Kirche zu errichten, verrät hinterrücks, was die offizielle Geschichte ausspart: »Die Holzpuppe bebt (Erschütterung oder Fehler im

Mechanismus?), erhebt sich jedoch zwischen der 19. und 20. Sekunde nach dem Verschwinden der Wolke mit den Füßen der Erscheinung zwischen den Wipfeln jählings und schleudert, als wolle er gleichsam dem Wunder durchs Tannendickicht nachfolgen, seinen Schwurarm in die Höhe. Unmittelbar darauf rutscht er mit hocherhobener Rechten samt Hündlein rückwärtsgewandt in die Ausgangsstellung zurück. Die Sphärenklänge der Stachelwalze verklingen.« Was war also konstitutiv für den Ort, an dem wir uns befinden? Daß noch im Schwur, in dem die Bekehrung gelobt wurde, der Hitlergruß versteckt ist? Daß der Neubeginn eine Rückkehr zum Ausgangspunkt war? Die Naivität, mit der ein nicht mehr als politisch verstandener Katholizismus als politisch konstitutiv für Selbstverständnis und Organisationsform der österreichischen Gesellschaft in die Auslage gestellt wird? Und was ist mit dem Blut, mit dem diese Erde getränkt ist? Welches Blut? »Das Blut«, schreibt Fritsch, »stammt von zertretenen Holunderbeeren.« Man muß es nur sehen wollen, auch wenn es, das wir sehen, kein wirkliches ist. Symbole.

Und da ist Roland Krapp, genannt »Bubi«, eine zentrale Figur des Textes, ein fünfzigjähriger, dicker, glatzköpfiger Mann, der mit Hubertusmantel und Steirerhut im Kurpark spazierengeht. Wenn er 1968 fünfzig Jahre alt war, was hat er dann nicht alles erlebt? Den Anschluß, den Krieg, vor allem: wie hat er es erlebt? Auf jeden Fall: er ist altersmäßig ein Vertreter der Wiederaufbaugeneration, aber von all dem erfährt man nichts, man sieht ihn nur, man sieht, wie er sich im Kurpark darstellt: Er steckt plötzlich den Steirerhut in die Manteltasche, reißt sich den Mantel vom Körper und steht da in einem Matrosenanzug, der rosa ist und nicht blau (wir wissen schon von der Introduktion, wie es innen ist, wenn es außen rosa ist), mit kurzen Hosen, ein fettes Kind, das Kurgäste bedrängt, »Bubi ist schlimm gewesen«, sagt er und bittet um Strafe. Dann wird er von seiner Schwester wieder heimgebracht, brav im Hubertusmantel, ein Mann aus wohlhabender und angesehener Familie.

Kuno, der Fotograf des Ortes, zwingt seine Freundin, sich am ganzen Körper mit brauner Farbe zu schminken und in einer engen Uniform mit einer Maschinenpistole in der Hand Kniebeugen zu machen, wobei er »Eine Jüdin bist du, Schätzchen« sagt. Vor den Augen Swedeks, den Kuno zu diesem Spektakel eingeladen hat. Swedek reagiert hilflos, schließlich gereizt. »Nichts für ungut, alter Freund«, sagt Kuno, »alles nur Spielerei, nicht wahr?«

Mercedes Marek, für die Swedek die Dissertation schreiben soll, intrigiert Swedek in das Bett ihrer Mutter. Diese liebt es, sich von einem Zwerg Stärkungen servieren zu lassen, während sie sich im Bett mit Swedek vergnügt. Der Zwerg sieht die ganze Zeit zu, springt bei Bedarf auch ein, Swedek sieht dessen enormes Glied und wird von der Mutter getröstet: Das ist nur eine Prothese!

Sind alle Figuren dieses Romans wahnsinnig? Die

Frage wird von einem Satz beantwortet, der dem Roman als Motto vorangestellt ist: »Wer die Musik nicht hört, hält die Tanzenden für wahnsinnig.« Mit anderen Worten, hier wird eine Normalität gezeigt, die wir als Normalität erst begreifen, wenn wir ihr Bezugssystem mitdenken, die Musik, nach der diese Verhältnisse tanzen, beziehungsweise die Geschichte, auf die diese Geschichten, wie symbolische Darstellungen in einem Guckkasten, verweisen. Oder umgekehrt: hier wird ein Wahnsinn gezeigt, den wir erst als solchen erkennen, wenn wir gewissermaßen die Begleitmusik ausblenden, die wir so selbstverständlich gewohnt sind, die vielleicht ins Ohr geht, aber deswegen nicht unbedingt eine schlüssige Erklärung für die Verrenkungen sein muß, die wir allenthalben sehen. »Ein Paar geht durch den Kurpark. Die beiden singen vielleicht. Man hört es nicht. Die Silhouetten tanzen ungeschickt. Torkeln, stolpern.« Die Annahme, daß die beiden singen, würde die Bewegungen dieses einen Paares erklären. Wenn man aber die selbstreferentielle Erklärung, daß sie vielleicht singen, ausblendet, wird ihr ungeschickter Tanz zu einem Sinnbild, das Verweise, Assoziationen und Phantasien ermöglicht, die auf einen komplexeren allgemeinen Zusammenhang verweisen. Fritsch hat diesen Gedanken schon sehr früh gehabt. In einem bereits 1955 geschriebenen Text mit dem Titel *Kärntnerstraße* beschrieb er, wie in dieser Wiener Einkaufsstraße, zu Beginn des Wirtschaftswunders und der Konsumgesellschaft, »der Tanz des Vergessens getanzt (wird)«. In der polyphonen Masse der Konsumenten wird kein Ich mehr faßbar, die Verrenkungen der Menschen, um ein Glück zu erreichen, das immer nur »der schlecht gelungene Abklatsch der Vollkommenheit« ist, wirken absurd, und eine Frau, die sich offenbar an diesem Konsumrausch nicht beteiligen kann, sagt schließlich: »Ich will so sein wie der Traum.« Wie ist der Traum? Voll von Symbolen. Um sie zu entschlüsseln, müssen wir sie auf die Geschichte beziehen, die in den Träumen verarbeitet sein will. In der *Katzenmusik* heißt es: »Wir müssen aus dem Traum erwachen, mit Hilfe des Traums, den wir Vergangenheit nennen.«

Das Beunruhigende, das Schockierende, aber auch das Faszinierende des Romanfragments *Katzenmusik* liegt darin, daß er ganz aus Symbolen, aus Traum- und Sinnbildern zusammengesetzt ist – ohne symbolistisch zu wirken. Im Gegenteil: er ist realistischer, als der Realität offenbar lieb ist, in der er nicht mehr existiert. Der Roman, nie auch nur jener minimale Verkaufserfolg, der gerechtfertigt hätte, ihn im Verlagssortiment zu behalten, ist längst vergriffen und nie wieder neuaufgelegt worden. Fritsch hatte aus einem Mechanismus, der für dieses Land charakteristisch ist, nämlich seine Realität ausschließlich in Symbolen zu spiegeln, die dann gleich die Realität ersetzen, eine künstlerische Technik gemacht, deren Stimmigkeit sich darin erweist, daß sie bis heute nichts von ihrer Aktualität eingebüßt hat. Ich weiß nicht, ob dies eine Empfehlung ist, Fritsch zu lesen oder nicht: Aber wer *Katzenmnsik* gelesen hat, kann die heutige Realität Österreichs nur noch als eine ewige, sich noch immer nicht vollendende Fortsetzung dieses Romanfragments sehen.

Wenn wir aufblicken und die österreichische Realität betrachten, ist sie nicht, ebenso wie Fritschs Buch, gänzlich aus Symbolen zusammengesetzt? Was ist, nun also nicht im literaturtheoretischen, sondern im gesellschaftstheoretischen Sinn, ein Symbol?

Die Sichel zum Beispiel – wir sind jüngst wieder daran erinnert worden – ist ein Symbol für die Arbeit des Bauern.

Für die Arbeit des Bauern ist vieles bedeutsam: die Qualität des Bodens, die Jahreszeiten, die Qualität und Differenziertheit mannigfacher Werkzeuge, Beobachtungen und Erfahrungen, das Klima, die je herrschende gesellschaftliche Organisationsform und ihre Werte, die allgemeine gesellschaftliche und wirtschaftliche Entwicklung, die politischen Rahmenbedingungen, und so weiter. Dennoch wird die Arbeit des Bauern traditionell mit einem sehr einfachen Werkzeug, das sicherlich eines der unwesentlichsten Bestandteile der bäuerlichen Lebenswelt ist, symbolisch dargestellt: mit einer Sichel.

Es ist offenbar so, daß nur etwas markant Unwesentliches zum Sinnbild für etwas Wesentliches taugt.

Zugleich zeigt dieses Beispiel, daß Symbole, um als solche identifiziert werden zu können, ein minimales geschichtliches Wissen voraussetzen, von einem umfassenden geschichtlichen Wissen aber völlig befreien:

Man muß von der Geschichte des Ackerbaus und der Viehzucht und der Entwicklung und je aktuellen Organisationsform bäuerlicher Arbeit nicht die geringste Ahnung haben, um das Symbol »Sichel« zuordnen zu können, wenn man nur weiß, daß die Sichel historisch ein verbreitetes und gewissermaßen typisches Werkzeug der Bauern gewesen ist.

Daß etwas Unwesentliches zusammen mit einem minimalistischen Geschichtsbewußtsein eine Typik ergibt, die für einen komplexen, mit Geschichte aufgeladenen Zusammenhang stehen kann – das ist natürlich eine Definition des Begriffs Symbol, die in Österreich gleich selbst wieder symbolische Bedeutung hat. In Österreich gelangen ja bekanntlich nur unwesentliche Fragen in die öffentliche Diskussion, weil die wesentlichen von den Sozialpartnern in ihren Gremien hinter verschlossenen Türen ausgehandelt werden. Und die öffentliche Diskussion funktioniert in Österreich auf der Basis jenes sehr minimalistischen Geschichtsverständnisses, das konstitutiv wurde für die Verfaßtheit und für das Selbstverständnis der Zweiten Republik. Dadurch zeigt sich alles Unwesentliche, das gerade im Mittelpunkt der öffentlichen Auseinandersetzung steht, auf geradezu bizarre Weise mit Bedeutung aufgeladen, die man nur versteht, wenn man eben mitbedenkt, daß es immer um etwas anderes geht. Das ist der Grund, warum es in Österreich keine sachliche Diskussion geben kann: weil hier jede Diskussion immer gleich symbolisch ist. In Österreich ist es nicht so, daß etwas, das öffentlich gesagt oder getan wird, entweder richtig oder falsch ist, sondern es hat Symbolwert oder es hat keinen. Es ist nicht einfach wirksam oder unwirksam, sondern es hat Symbolkraft oder nicht. Österreich ist, was sein Selbstverständnis und seine Selbstdarstellung betrifft, ein Reigen von Symbolen. Zwei Beispiele: Natürlich ging es bei der heftig diskutierten Entscheidung des österreichischen Verkehrsministers, die schwarzen österreichischen Kfz-Kennzeichen durch weiße zu ersetzen, nicht um Kfz-Kennzeichen. Das Argument des Ministers, daß weiße Kennzeichen der »Sicherheit« dienten, weil sie »in der Dunkelheit besser sichtbar« seien, würde in jedem zivilisierten Land der Welt Gelächter auslösen. Denn zweifellos sollte ein Verkehrsminister anderes zu tun haben, als die Farbe der Nummerntafeln zu ändern, zumal jeder ohne alle Diskussion weiß, daß man Autos in der Dunkelheit an den Scheinwerfern und Rücklichtern, nie aber an den Nummerntafeln erkennt. Und natürlich ging es bei dieser Diskussion auch nicht um die »österreichische Identität«, wie die Gegner dieser Entscheidung des Verkehrsministers argumentierten. Denn es ist doch schlechterdings unvorstellbar, daß die Identität Österreichs mit der Farbe der Nummerntafeln der österreichischen Autos steht oder fällt. Nur so ist die Heftigkeit der Diskussion erklärbar: daß es in Wahrheit um etwas anderes ging. Zugleich ist die Heftigkeit und Dauer der Diskussion nur dadurch erklärbar, daß es doch nicht um etwas ganz anderes ging, das heißt, daß die Nummerntafeln zwar ein unwesentlicher Bestandteil, aber doch ein Bestandteil dessen waren, worum es in Wahrheit ging. Alle Voraussetzungen und Argumente dieser Diskussion waren sinnvoll, stimmig und wahr im Kontext, auf den die Diskussion nur verwies: Der Verkehrsminister hatte wirklich nichts Besseres zu tun, als die Farbe der Autokennzeichen zu ändern, denn die österreichische Regierung hatte ohne jede öffentliche und allgemeine Diskussion beschlossen, den EG-Beitritt anzustreben, weshalb es seine wesentliche Aufgabe war, in seinem Ressort alle erforderlichen Angleichungen an künftige allgemeine EG-Normen durchzuführen. Jede einzelne dieser Änderungen und Angleichungen war belanglos und unwesentlich, aber die Diskussionen, die sich daran entzündeten, waren mit der Bedeutung aufgeladen, die erst das Ganze hat, das Wesentliche, das nie diskutiert wurde. Und nur deshalb, nämlich im Kontext, hatten auch beide Seiten, der Minister und seine Gegner, mit ihren Argumenten recht, weil man sie sinnbildlich verstehen muß: Es ging tatsächlich um »Sicherheit« und »Identität«, und daß dies in Widerspruch miteinander geriet, ist wahrhaftig das Dilemma der gesellschaftlichen und politischen Realität Österreichs, das sich im Nummerntafelstreit eben nur auf belanglose Weise symbolisch dargestellt zeigte. Zweimal in der jüngsten Geschichte wurde Österreich aus einem größeren Zusammenhang herausgerissen, in dem es sich sicher gefühlt oder in dem es Sicherheit gesucht hatte: aus dem habsburgischen Vielvölkerstaat und aus dem Großdeutschen Reich. Und gar viermal hat Österreich seit der Habsburgerzeit seine politische Identität wechseln müssen. Dazu bedarf es natürlich eines gewissen Hangs zum Transvestismus, immer in ein anderes Gewand zu schlüpfen. Mühsam hat es nun eine neue, und wie es glauben wollte, endgültige Identität aufgebaut, die sich gleichsam im Matrosenanzug zeigte und daraus eine gewisse Wollust bezog. Das ist auch in etwa das historische Mindestwissen, das diese Diskussion über die zum Symbol gewordenen Nummerntafeln voraussetzte: daß Österreich ein kleines Land geworden ist, was es nicht immer war. Und vor allem: daß es an den historischen Wechselfällen, die dazu geführt hatten, selbst nicht schuld war. Nur dadurch konnte sich der Kleinstaat-Österreicher erhobenen Hauptes in den Spiegel schauen – und auf sich herabblicken.

Fünfundvierzig Jahre ist das Österreich-Bewußtsein mit den Merksätzen gespeist worden: Wir sind ein kleines Land! Eine verwickelte Geschichte hat uns zu dem gemacht, was wir sind! Wir sind bedeutungslos im Kontext der aktuellen politischen und wirtschaftlichen Verfaßtheit der Welt mit ihren Supermächten und ihren Interessenkämpfen! Wir sind gewissermaßen Sängerknaben, unschuldig kindlich genial. Aber unsere Bedeutungslosigkeit ermöglichte uns ein gutes und unbehelligtes Leben und befähigte uns zu außergewöhnlichen Leistungen (z. B.: »Vier Österreicher unter den ersten drei!«, wie die *Kronen Zeitung* einmal titelte).

Und mit einem Mal soll es damit vorbei sein. Österreich will, aus eigenem Entschluß, wieder in einen größeren wirtschaftlichen und politischen Zusammenhang eintreten. Das entspricht unseren historisch aufgeladenen Größenphantasien, dem Feisten, das der Matrosenanzug einschnürt; vor allem aber unserem Sicherheitsbedürfnis (offiziell formuliert in dem Satz unseres Außenministers: »Wir können es uns nicht leisten, draußen zu bleiben«). Wohin aber jetzt mit unserer neuen Identität, der so lange zwanghaft aufgebauten?

Daß das allgemeine Bewußtsein vor diesem Widerspruch kollabierte, ist nicht unbedingt außergewöhnlich. Außergewöhnlich ist nur, daß sich dieses intellektuelle Kollabieren erst in einem Streit über die Farbe von Autokennzeichen zeigte, eine Idee, die man als bizarr und abstrus empfinden müßte, wenn nicht klar wäre, daß es die Wahrheit ist, die sich wollüstig in einem Symbol enthüllen wollte.

Österreich ist – umfassend sinnbildlich gesagt – ein Exhibitionist, der sich vor der desinteressierten Weltöffentlichkeit den dicken, alles verhüllenden Mantel aufreißt, um dann, mit einigem Grund, zu seiner Entschuldigung zu sagen, daß ja auch sein Phallus im Grunde nur ein Phallus-Symbol ist. Könnten wir diesen Exhibitionisten, in Anbetracht seines Alters und seiner infantilen Selbstdarstellung, »Bubi« nennen? Oder ist es der dienstbare Zwerg mit der Phallus-Prothese?

Das zweite markante Beispiel für den Symbolismus

österreichischer Selbstdarstellung war natürlich die Diskussion über die Änderung des österreichischen Staatswappens. Ein Staatswappen ist ja schon per se ein Symbol, seine Diskussion mußte daher geradewegs zu einer Raserei der symbolischen Bedeutungen werden. Dieser Punkt war erreicht, als sich jener Mann in die Diskussion einschaltete, der, gut österreichisch, in seiner Funktion selbst zum Symbol geworden ist. Bundespräsident Waldheim nämlich sagte, auch ihm erschiene die Entfernung von Hammer und Sichel aus den Fängen des Bundesadlers »angebracht«, da »diese Symbole durch die Identifizierung mit dem Kommunismus (...) von der Bevölkerung nicht mehr verstanden werden«.

Mit einem Mal spiegelten sich zwei Symbole ineinander: Waldheim und das Wappen. Und wie das so ist im wechselseitigen Spiegeln, konnte man plötzlich ein Gefühl für die Unendlichkeit bekommen, und nichts ist unendlicher in Österreich als die perfide Dummheit, die zugleich der Fluchtpunkt ist, wo die verdrängte Wahrheit sich endlich zeigt. Wenn von der Bevölkerung etwas nicht verstanden wird, gibt es bekanntlich zwei Möglichkeiten: Man beginnt aufzuklären oder zu liquidieren. Wenn die Bevölkerung ihr Elend nicht versteht und glaubt, daß daran »die Juden« schuld sind, kann man versuchen aufzuklären oder man kann beginnen, Juden zu liquidieren. Wenn von der Bevölkerung nicht verstanden wird, warum kranke, alte oder invalide Menschen, die nicht mehr für sich selbst sorgen können und keine Chance auf Heilung haben und die nie mehr in irgendeiner Weise gesellschaftlich nützlich werden können, warum diese von der Gesellschaft erhalten werden, dann kann man versuchen aufzuklären, oder man beginnt, »lebensunwertes Leben« zu liquidieren. Wenn von der Bevölkerung nicht verstanden wird, warum Künstler die Gesellschaft kritisieren, von der sie leben, dann kann man versuchen aufzuklären, oder man beginnt, deren Werke zu verbieten, zu verbrennen, und am Ende auch die Künstler selbst zu liquidieren. Diese klassische Akernative war natürlich ein Dilemma für einen Mann, der nachdrücklich bekannt gemacht hatte, daß Aufklären heute nicht seine starke Seite ist, so wie Liquidieren historisch nicht seine Domäne war. Waldheim ist als oberster Repräsentant nicht zuletzt deshalb ein Symbol für die österreichische Identität geworden, weil er sich vehement und ausschließlich ex negativo definierte: Nein, er sei *nicht* bei der SA gewesen, nein, er sei *nicht* Nazi gewesen, nein, er sei *nicht* Kriegsverbrecher gewesen, nein, er sei *nicht* verantwortlich gewesen, nein, er sei *nicht* informiert gewesen, und so weiter. All dies ist mit der Zeit in gewisser Weise glaubwürdig geworden, und nur deshalb funktioniert er tatsächlich als österreichisches Symbol. Bezeichnend dabei ist, daß er das einzige, was er garantiert *nicht* gewesen ist, nie gesagt hat, obwohl es ihm unmittelbar geglaubt worden wäre: Er ist sicher *nicht* Widerstandskämpfer gewesen.

Allerdings, wer ist schon einer gewesen? Die Frage

ist deshalb bedeutsam, weil der Nachweis, daß es einen österreichischen Widerstand gegeben hat, conditio sine qua non für die Wiedererrichtung einer österreichischen Republik wurde. Nun war der einzige wirklich organisierte und einigermaßen wirksame, der bewußteste, und der am Ende am besten nachweisbare Widerstand gegen das Nazi-Regime der der österreichischen Kommunisten. Der antifaschistische Widerstand der österreichischen Kommunisten wurde daher nach dem Krieg sofort als Trumpfkarte ausgespielt, um der Forderung der Alliierten zu genügen, daß Österreich nachweisen müsse, selbst einen Beitrag zur eigenen Befreiung geleistet zu haben.

Damit nicht genug: Zur Erlangung der vollen Souveränität mußte Österreich den Verdacht ausräumen, daß es bei nächster Gelegenheit wieder den Anschluß an Deutschland suchen werde. Unter der Präsidentschaft des ehemaligen Anschlußbefürworters Renner begann Österreich daher, sich als eigene Nation darzustellen. Eine eigene Nation werde sich gewiß nicht an eine andere anschließen, und einer eigenen Nation könne man wohl schwerlich das Recht auf staatliche Souveränität absprechen. Allerdings gab es nach '45 in Österreich keine Mehrheit, die der Idee einer österreichischen Nation zustimmte. Und es gab auch kein historisch gewachsenes, dann aber verschüttetes Nationalgefühl, das man nun wieder aktivieren hätte können. Das einzige, das es gab, waren die theoretischen Vorarbeiten österreichischer Kommunisten, die, aus welchen politisch-strategischen Gründen auch immer und wie verquer auch immer, die ersten gewesen sind, die die Existenz einer österreichischen Nation wissenschaftlich zu begründen versucht hatten, wie, um nur ein Beispiel zu nennen, Alfred Klahr. Diese Ideen wurden außen- und innenpolitisch konsequent umgesetzt und führten, wie wir wissen, tatsächlich zur Unabhängigkeit Österreichs, zu einem österreichischen Nationalgefühl und zu einer internationalen Anerkennung Österreichs als eigenständige Nation.

So bizarr es in dieser notwendigen, aber die Wahrheit keineswegs verfälschenden Verkürzung klingt: Die Existenz einer freien, unabhängigen, zweiten österreichischen Republik ist das genuine Ergebnis einer geglückten praktischen und theoretischen Anstrengung der österreichischen Kommunisten.

Natürlich sind der Hammer und die Sichel im österreichischen Staatswappen keine kommunistischen Symbole. Aber wenn sie schon als solche gesehen werden, wenn sie, um mit Waldheim zu sprechen, »mit dem Kommunismus identifiziert werden«, dann wäre dies ein Grund, sie eben nicht anzutasten, sondern, im Gegenteil, sich daran zu erinnern, wem die Zweite Republik ihre Existenz verdankt – und dem Mann, der dieser Republik als ihr oberster Repräsentant vorsteht und der absolut nichts zu ihrer Existenz beigetragen hat, diesem Mann wäre es wohl angestanden, daran zu erinnern. Aber hätte er es glaubwürdig tun können? Hat sich nicht vielmehr jedem reflexiven Geist die

Wahrheit viel deutlicher dadurch enthüllt, daß Waldheim, seiner Geschichtslogik gemäß, gleich mitliquidieren wollte, was andere zu liquidieren sich anschickten, daß er so eilfertig stoßen wollte, was so sicher zu fallen schien?

Es ist schon einmal treffend gesagt worden, daß Dankbarkeit keine politische Kategorie ist. Und tatsächlich wäre die Entstehungsgeschichte der Zweiten Republik heute belanglos, da die Zweite Republik in ihrer heutigen Verfaßtheit nichts, außer eben ihrer bloßen Existenz, irgendwelchen kommunistischen Idealen oder Einflüssen verdankt. Nicht einmal die Verstaatlichungen – im Gegenteil, es waren die einzigen umfangreichen Verstaatlichungen in der Geschichte, die radikal antikommunistische Vorzeichen trugen: Man wollte das sogenannte »deutsche Eigentum« in Österreich – und dazu gehörten die wichtigsten Industriebetriebe wie etwa die Hermann Göring-Werke in Linz, die großen Banken und die Energie-Wirtschaft – dem Einfluß der sowjetischen Besatzungsmacht entziehen.

Es ist also, nachdem die österreichischen Kommunisten, nicht zuletzt durch eigenes Verschulden, in die innenpolitische Bedeutungslosigkeit manövriert waren, also sehr bald, nichts von der Geschichte sichtbar geblieben, der die Zweite Republik ihre Existenz verdankt. Und das ist auch richtig so. Wie schrieb Fritsch in der *Katzenmusik*? Die Marxisten eignen sich nicht als Protagonisten, aber sie können gut katalysieren. Allein dies ist allerdings für die absolute Mehrheit der

Österreicher, die es sich nach '45 hier wieder bequem einrichteten, die Austrofaschisten und Nazis und Mitläufer, ein allzu großer Skandal. Aber wie tief die Beschämung sitzt und als wie erniedrigend sie empfunden wird, zeigt sich erst jetzt, da begonnen wird, diesen Staat, den jeder zum Preis jeder erdenklichen Selbsterniedrigung wollte, erneut zu liquidieren. Das erste, das liquidiert werden sollte, waren die »kommunistischen Symbole« Hammer und Sichel im Staatswappen der Republik. Und nie hätte man hoffen dürfen, diese Wahrheit im Diskurs der offiziellen Selbstdarstellung Österreichs dokumentiert zu sehen, wenn sie sich nicht von selbst im Verweissystem des österreichischen Symbolnetzwerkes verfangen hätte. Das ist nur ein Beispiel. Wichtig ist zu begreifen, daß sich alles in diesem Symbolnetzwerk verfängt. Wir müssen nur lernen, es zu lesen. Das Buch heißt *Katzenmusik*. Hoffentlich heißt die Fortsetzung nicht *Katzenjammer*.

5.

Daß sich in der Geschichte alles zweimal ereigne, das eine Mal als Tragödie, das zweite Mal als Farce, mag für die Welt gelten. Was immer sich aber in der österreichischen Geschichte wiederholt, ist grundsätzlich eine Tragödie, auch wenn sie beide Male unter dem Vorwand geschieht, bloß eine Farce zu sein.

Die Diskussion über das österreichische Staatswappen, mit all ihren farcehaften Elementen (von dem Vorschlag des Abgeordneten Pilz, aus dem Adler ein Hendl zu machen, bis zu den Karikaturen von Manfred Deix, der den Adler mehrfach umzeichnete und mit allen möglichen neuen Attributen schmückte), hat natürlich eine Entsprechung schon in der Ersten Republik, und zwar im Jahr 1923, also so lange vor dem Ende der Republik, daß die damalige Diskussion, genauso wie die heutige, als bloß belanglos formale und naiv ironisierbare empfunden werden konnte. Allerdings wurden damals gemachte Vorschläge elf Jahre später doch verwirklicht, womit dann aber nicht nur das Wappen, sondern die Verfaßtheit des Staates insgesamt geändert war und die Tragödie ihren Lauf nahm.

1923 wurden der Architekt Häusler und der Professor an der Kunstgewerbeschule Michael Powolny mit der Ausarbeitung von Entwürfen für staatliche Orden und Medaillen beauftragt. Natürlich sollte auf den offiziellen Ehrenzeichen der Republik das Staatswappen enthalten sein, was zu einer Debatte über den »Vogel« führte, wie der österreichische Adler sogar in einem Akt der Präsidentschaftskanzlei genannt wurde, mit dem man offenbar schon damals nicht glücklich war. Kanzler Seipel hegte vor allem »gewisse Bedenken hinsichtlich der in den Fängen des Adlers erscheinenden Abzeichen, die das Ausland (mittlerweile) als bolschewistische Zeichen zu werten« gelernt habe. Ihm gefiel die Idee, die neu zu schaffenden Dekorationen des Staates nicht mit dem offiziellen Emblem zu versehen, sondern bei dieser Gelegenheit ein neues Symbol zu entwerfen, das sich »im Lauf der Zeit einleben (...) und hiemit zu einem trefflicheren österreichischen Symbol werden« könne. Die beiden Künstler wurden also beauftragt, entsprechende Entwürfe auszuarbeiten. Häusler schlug vor, auf die Mitte der Ehrenzeichen, also auf den Platz des Adlers, ein kleines Emailschild mit einem »Kruckenkreuz« aufzulegen, dem »alten Zeichen der christlichen Kreuzfahrer«. Powolny wiederum behielt zwar den Adler bei, versuchte ihn aber gewissermaßen zu christianisieren und verpaßte ihm einen Heiligenschein. Keiner der beiden Vorschläge fand Zustimmung. Häuslers Entwurf kommentierte Seipel als »rot-weiß-rot emaillierte Druckknöpfe«, die noch dazu eine unerwünschte Ähnlichkeit mit dem »Orden vom hl. Grab« hätten. Der Heiligenschein wurde kommentarlos abgelehnt, Prälat Seipel empfand Powolny offenbar als eine Art Vorläufer von Deix, der, unter dem Vorwand, Verbesserungsvorschläge zu machen, die Sache parodierte. Er wurde dazu angehalten, den Adler umzuzeichnen, »neu zu proportionieren«, »neu zu dimensionieren«, »Hammer und Sichel in seinen Fängen zu verkleinern«, sie gewissermaßen wegschrumpfen zu lassen, eine Reihe von Spitzenpolitikern und Beamten diskutierten den Adler und die jeweiligen Änderungsvorschläge, bis man am Ende die Angelegenheit nur noch zynisch kommentierte: »Der Adler (letzter Entwurf) sieht wie ein schwerkrankes Huhn aus. Keine Spur von Kraft und Frische« (Häusler). »Unser Wappenvogel leidet, wie allgemein bekannt ist, an schweren Geburtsfehlern. Da er als krankes Huhn geboren ist, kann ihm diese Qualität auf keine Weise abhanden kommen« (Ministerialrat Klastersky).

Schließlich wurden die Orden geprägt, wobei der Adler belassen wurde, wie er seit 1919 war – und doch wurden bekanntlich der Heiligenschein, das Verschwinden von Hammer und Sichel, und auch das Kruckenkreuz als neues österreichisches Symbol Wirklichkeit: 1934 im faschistischen Ständestaat.

Natürlich war auch bei der aktuellen Diskussion über das Staatswappen jedem denkenden Menschen klar, daß es bei einer Debatte über die Änderung von staatlichen Hoheitszeichen nicht nur um das Erscheinungsbild von Symbolen geht, sondern letztlich um die Verfaßtheit des Staates selbst. Bei Haiders Attacken gegen das Wappen und in der Folge gegen den Staatsvertrag war dies unmittelbar einsichtig: Natürlich war die ungeliebte österreichische Nation gemeint und das

Anschlußverbot an Deutschland. Aber bei Politikern wie Vranitzky, Mock oder Klestil scheint dieser Befund problematischer. Deren Aussagen ist man daher geneigt zu bagatellisieren und in die Tradition belanglos tollpatschiger Selbstdarstellungsversuche Österreichs einzureihen, an denen die Zweite Republik so besonders reich ist.

Man kann ja die Geschichte der offiziellen oder offiziösen österreichischen Symbole auch als eine Geschichte von Pannen lesen. Das österreichische Staatswappen, mit seiner vergessenen schwarz-rot-goldenen Farbsymbolik ist nicht das einzige, sondern nur das erste Beispiel dieser Geschichte.

Als 1947 mit der Währungsreform die Reichsmark durch den Schilling als österreichisches Zahlungsmittel ersetzt wurde, suchte man für die neue Schillingmünze ein sinniges Symbol für die Situation, in der sich die junge Republik befand. Man entschied sich für einen Ausschnitt des Bildes *Der Sämann und der Teufel* des Malers Albin Egger-Lienz. Vieles mochte für diese Wahl Anlaß gewesen sein: daß Egger-Lienz ein österreichischer Maler war, gewissermaßen ein »Heimatkünstler«; daß er, wenn auch natürlich nur irrtümlich, eine Ästhetik zu bedienen schien, die jenen gefallen mußte, die an den kurz davor gängigen Blut-und-Boden-Klischees geschult waren; vor allem aber, daß der gewählte Bildausschnitt, der Bauer, der schwungvoll den Samen ausstreut, eine Symbolik hatte, die sogar einem kunsthistorisch ahnungslosen Beamten der österreichischen Notenbank in Hinblick auf die österreichische Situation 1947 augenblicklich sinnfällig erscheinen mußte. Die Münzen wurden geprägt und in Umlauf gebracht. Die Kunsthistoriker lachten sich tot, die Bildungsbürger, schließlich das Ausland. Nach Jahren kam es sogar den österreichischen Behörden zur Kenntnis: man hatte von Egger-Lienz' Bild nicht den Sämann, sondern irrtümlich den Teufel auf die Ein-Schilling-Münze geprägt. Eine fatale Symbolik, die zwar in Hinblick auf die jüngste Geschichte Österreichs einiges an Wahrheit enthielt, die man aber nicht gemeint hatte. Die Ein-Schilling-Münze wurde aus dem Verkehr gezogen und durch eine neue, uns heute noch geläufige ersetzt. Bei dieser neuen Münze ging man auf Nummer Sicher: nur keine Kunst, bei der man sich ja doch nicht auskennt, also ein österreichisches Klischee. Und da das Kunstwerk, mit dem man es zunächst versucht hatte, einen Ausschnitt aus der Natur darstellte, suchte man ein Klischee, das, ohne alle Kunst, Natur nun pur zeigte. Die neue Schillingmünze ziert daher ein Edelweiß. Ein Edelweiß hat wahrlich nichts Hinterlistiges, keine versteckten Fallen, erlaubt keine Mißverständnisse. Allerdings muß die Angst sehr tief gesessen sein: Kurz darauf wurde das Edelweiß in Österreich gesetzlich unter Naturschutz gestellt. Nur naive Geister werden da keinen Zusammenhang mit der Vorgeschichte des Schillings erblicken. Vielleicht bedeutet dieses Gesetz, das das Schilling-Symbol Edelweiß unter Naturschutz stellte: Österreich erklärt sich währungspolitisch zum Naturreservat. Die zentrale wirtschaftliche Entscheidung war damals längst gefallen: Wir wollen von den Devisen leben, die von jenen mitgebracht werden, die in dem Naturreservat Österreich Urlaub machen. Was dabei auf dem Schilling aufgeprägt ist, ist letztlich egal. Denn der Schilling ist ohnehin keine wirklich souveräne Währung: Er wurde sofort in fixer Parität zur Währung jener angebunden, die das Gros der Urlauber bilden, nämlich der Deutschen. Das Edelweiß wurde dadurch zur älplerischen Variante der Kauri-Muschel oder des Monopoly-Money, das an die Gäste zum Verlustieren verteilt wird, nachdem sie ihr wirkliches Geld abgegeben haben.

Ein Staat braucht nicht nur eine eigene Währung, eine symbolische oder eine mit Symbolen versehene, sondern auch eine Hymne. Die im Ministerratsbeschluß vom 9. April 1946 getroffene Entscheidung, eine österreichische Hymne per Preisausschreiben zu finden, war sicher keine glückliche. Ein Jurorenkomitee unter dem Vorsitz von Unterrichtsminister Felix Hurdes sollte die Einsendungen prüfen und eine Entscheidung treffen. »Aus der Mehrzahl der Einsendungen konnte die Meinung der Bevölkerung herausgelesen werden, daß selbst die beste neue Lösung nur ein unzureichendes Surrogat für die unsterbliche und unübertreffliche Melodie Joseph Haydns sein könne« (Hurdes). Diese Melodie Haydns gab es bekanntlich in drei textlichen Varianten: als alte »Kaiserhymne«, als Hymne der Ersten Republik mit einem Text von Ottokar Kernstock und als sogenanntes »Deutschlandlied« (»Deutschland, Deutschland, über alles...«). Vor allem deshalb, weil die Haydn-Hymne auch als »Deutschlandlied« besetzt war und »auf Grund des nationalsozialistischen Mißbrauchs untragbar« schien, wagte es die Jury nicht, sie so ohne weiteres wieder einzuführen, wollte aber auch nicht von ihr ablassen. Entweder-und-Oder. Die Jury entschied sich daher für Mozarts Bundeslied und für den Text »Sei gesegnet ohne Ende« von Ottokar Kernstock, den dieser in der Ersten Republik für die Haydn-Hymne geschrieben hatte. Diese Entscheidung mag als unauflöslicher Widerspruch erscheinen, aber sie war in sich logisch und auf eine farcehafte Weise auch stimmig: Man wollte die alte Haydn-Hynme, aber aus Berührungsangst mit dem Nationalsozialismus, mit dem Österreich bekanntlich nie etwas aus eigenem Willen zu tun hatte, konnte man nicht für diese von den Nazis mißbrauchte Melodie votieren. Also entschied man sich für einen Text, der für diese Melodie geschrieben wurde. Dieser Text enthält zwar die bedrohlichen Zeilen: »Deutsche Arbeit, ernst und ehrlich / Deutsche Liebe, zart und weich / Vaterland, wie bist du herrlich, / Gott mit dir, mein Österreich!«, aber das könnte man zur Not streichen, so wie schon in der Ersten Republik an der Kernstock-Hymne herumgestrichen worden war – damals wegen der Zeilen »Österland bist du geheißen, / und vom Osten kommt das Licht«. (Damals erklärte die Arbeiterzeitung: »Vizekanzler Vaugoin mag das nicht hören; im Osten das Licht und im Westen nichts Neues, das ist ihm ›halt zuwider‹.«) Und daß Kernstock auch der von den Nazis hochgeachtete Autor des »Hakenkreuzliedes« war, spielte ebenfalls keine Rolle, denn es ging ja in Wahrheit nicht um Kernstock, sondern darum, ein Signal zu setzen, daß man die Haydn-Hymne wiederhaben wollte. Und Haydn war ja kein Nazi, klarerweise. Er ist nur von den Nazis mißbraucht worden. So wie Österreich. Aus diesem Grund hat sich die österreichische Bundeshymnen-Jury klar von Haydn distanziert: um ein Zeichen des Antifaschismus zu setzen, um guten antifaschistischen Willen zu beweisen. Das mußte deutlich genug sein. Die Jury entschied sich also für den Autor des »Hakenkreuzliedes«, wie man deutlich sieht, aus klar antifaschistischen Gründen. Hier zeigt sich genau der Mechanismus, mit dem Österreich sich damals insgesamt zu entlasten anschickte: nämlich wesentlich symbolisch; man setzte antifaschistische Signale, die sich ununterbrochen in faschistischen Kontinuitäten verstrickten.

Die Entscheidung der Jury unter Vorsitz des konservativen Hurdes erfreute sich übrigens auch der Unterstützung von namhaften Sozialisten, allen voran des ersten österreichischen Bundespräsidenten Dr. Renner, bekannt als »Anschluß-Renner«, der aus der Präsidentschaftskanzlei verlauten ließ: »Die Annektierung der Haydnschen Melodie durch das Deutsche Reich war eine ausgesprochene Ungehörigkeit, und es wäre gewiß am Platze, das musikalisch außerordentlich hochstehende Haydnsche Lied wieder offiziell für die österreichische Nationalhymne zurückzugewinnen.«

Nun, es ist bekannt, daß es mit dem »Zurückgewinnen« nicht klappte, weshalb man sich zu einer »Notlösung« entschloß: Nun einigte man sich auf Paula von Preradovics »Land der Berge, Land am Strome« und auf die Melodie, die damals noch als Werk Mozarts galt, inzwischen jedoch als apokryph erwiesen ist, auf das Freimaurer-Lied »Brüder, reicht die Hand zum Bunde«. Dabei handelte es sich aber nicht nur zugegebenermaßen um eine »Notlösung«, sondern auch um eine »Trotzlösung«: Text und Melodie paßten genausowenig zusammen wie bei der ersten Juryentscheidung, weshalb ein gewisser Viktor Keldorfer erst mühsam die angebliche Mozart-Melodie an den Preradovic-Text »angleichen« mußte. Es ist daher nicht verwunderlich, daß es bald darauf, nämlich 1951, zu einem neuerlichen Anlauf kam, die Haydn-Hymne wieder als österreichische Bundeshymne einzuführen. »Immer weitere Kreise der österreichischen Bevölkerung verlangen die Wiedereinführung der Haydn-Hymne als österreichische Bundeshymne. Die unterzeichneten Abgeordneten (Dr. Gorbach, Ludwig, Geisslinger und Genossen) stellen daher an den Herrn Bundesminister für Unterricht die Anfrage: Ist der Herr Bundesminister für Unterricht gewillt, die entsprechenden Vorkehrungen zu treffen, damit die Haydn-Hymne wieder als österreichische Bundeshymne eingeführt wird?«

Minister Hurdes wäre gewillt gewesen. Er gestand in seiner Anfragebeantwortung, daß »die neue österreichische Bundeshymne in den bisherigen 5 Jahren ihres Bestandes nicht wirklich Gemeingut der breiten Massen unseres Heimatlandes geworden (ist). Dies war auch nicht anders zu erwarten.« Hurdes' neuerliche Bemühungen scheiterten allerdings an der nun nicht herstellbaren Einstimmigkeit im Ministerrat.

Dies alles wirkt in einer Weise weiter, die sich immer wieder unbemerkt und unbewußt und konsequent irrtümlich zeigt: Wir machen einen Sprung in die Gegenwart und schalten den Fernsehapparat ein. Die olympischen Winterspiele von Albertville waren noch keine Woche alt, da hatte bereits ein »Medaillenregen für Österreich« eingesetzt und zwar, wie Sportkommentator Bergmann sagte, »in allen Legierungen«, wobei »uns« natürlich die »Legierung« Gold besonders stolz macht. »Wenns es so weitamochts«, sagte Dr. Bergmann im ORF-Olympiastudio zu den versammelten österreichischen Olympioniken, »dann wird die Hymne no zum Gassenhauer.« Doch welche von unseren Hymnen war da gemeint? Ein österreichischer Rodler hatte an diesem Tag eine Silbermedaille gewonnen, und er war, wie er bekanntgab, besonders gerührt, als er »auf dem Stockerl stand und die Hymne hörte«. »Schauen wir uns des an«, sagte Dr. Bergmann. Schnitt. Man sieht den österreichischen Rodler auf dem Siegerpodest, mit ergriffenem Gesichtsausdruck; die Goldmedaille gewann ein Rodler aus Deutschland – es ertönt das Deutschlandlied. Schnitt.

Ein weiteres Beispiel für die glücklose österreichische Art, auf die österreichische Souveränität zu verweisen: In den siebziger Jahren sagte der damalige Bundeskanzler Kreisky, auf die österreichische Nation angesprochen: Wo es eine Nationalmannschaft und eine Nationalbank gebe, dort müsse es auch eine Nation geben. Kreisky, ein vehementer Adept der Sozialpartnerschaft, hat wahrscheinlich sehr bewußt die nach der österreichischen Verfassung wichtigste Institution in Österreich, die ein »National-« im Präfix führt, nicht erwähnt: den österreichischen Nationalrat. Er wußte zu gut, daß dieser, bloßes Absegnungsinstrument der zuvor von den Sozialpartnern ausgehandelten Beschlüsse, nicht als Beispiel für nationale Souveränität tauge. Und doch ist seine leichthin witzige Formulierung verräterisch genug: Die österreichische Fußballnationalmannschaft spielt in den gleichen Dressen, denselben Nationalfarben wie die deutsche Nationalelf. Und die Österreichische Nationalbank hat sich währungspolitisch so bedingungslos an die Deutsche Mark gebunden, daß sie im Grunde als Filiale der Deutschen Bundesbank angesehen werden muß.

Aber diese launig hererzählbaren Geschichten aus der Geschichte der Selbstdarstellungen der Zweiten Republik zeigen doch auch eines: Sie alle haben einen Fluchtpunkt, der zugleich auch die fixe Idee der Österreicher ist – nämlich Deutschland. Objektiv sind diese »Pannen« daher so unschuldig nicht. Völlig zu Recht, auch wenn er es nicht so meinte, sagte daher der Präsident des österreichischen Verwaltungsgerichtshofes a. D. Edwin Loebenstein bei einer Tagung anläßlich von »40 Jahre Republik Österreich – 30 Jahre Staatsvertrag«: Österreichs Stellenwert verständlich zu machen, »das dürfte, so glaube ich, in den vergangenen Jahrzehnten, sieht man von gewissen Pannen ab, die man besser vergessen und dem Ausland gegenüber als bedauerliche Fehlleistungen darstellen sollte, einigermaßen gelungen sein«.

Fehlleistungen sind nach Freud Kompromißbildungen zwischen der bewußten Intention und dem Verdrängten. Da das Verdrängte in Österreich aber so besonders lebendig ist und sich immer wieder so peinlich in Fehlleistungen zeigt, wird nie darauf vergessen zu mahnen: »Besser vergessen!«

Wiederholungen haben in Österreich keinen therapeutischen Effekt, etwa im Sinn von »Erinnern – Wiederholen – Durcharbeiten«, sie passieren vielmehr auf Grund des Prinzips »Vergessen – Wiederholen – Dem Ausland erklären«.

Die Gelassenheit, die Österreich diesbezüglich zeigt, obwohl dies allen historischen Erfahrungen zu widersprechen scheint, ist eigentümlicherweise selbst das Produkt einer historischen Erfahrung: nämlich der, daß die Österreicher die bisherigen Katastrophen so relativ unbeschadet überleben und in privaten Kontinuitäten erlösen konnten.

In der Erzählung *Die Verkrustung Oder Aus dem*

Leben des Amtsrates Bieringer von Hermann Friedl wird dies sehr präzis paradigmatisch beschrieben: In der Zeit der Monarchie wird Bieringer Beamter, er erlebt das Ende der Monarchie, die Ausrufung der Republik, deren Ende im Ständestaat, die völlige Auslöschung Österreichs durch den Nationalsozialismus, dessen Ende, schließlich den Beginn der Zweiten Republik. Bieringers Beamtenlaufbahn allerdings erfährt keine Zäsur, und mit der Zeit wird dem Amtsrat klar: Wie immer sich die Dinge entwickeln mochten, die unerledigten Akten auf seinem Schreibtisch wiesen immer wieder aufs neue in eine Zukunft, »die auch noch erledigt werden müßte, was immer auch sich dazwischen an äußeren Ereignissen abspielen würde«. Hermann Friedls Erzählung ist tatsächlich eine äußerst konzise Parabel für die Entstehung dessen, was man heute »Österreich-Bewußtsein« nennt und das wesentlich aus der Gewißheit besteht, daß ein Österreicher sich in der Geschichte nie schuldig machen kann, weil seine Bestimmung die Zukunft ist. Dem Amtsrat Bieringer gab dies Sicherheit und er behielt Recht. Auch sein Nazi-Mitläufertum sollte ihm nicht schaden. 1945 mußte er Fragebögen ausfüllen. »Es sind ihm die Amerikaner wie Kindsköpfe vorgekommen, die da etwas angefangen hatten, was ihnen über den Kopf gewachsen ist. Er ist über keinen dieser Fragebögen gestolpert. Wieder einmal hatte sich da ein wahrhaft österreichisches Prinzip behauptet, das aus der Tradition gewachsen ist, nämlich: dem Buchstaben folgen, aber die Auslegung nach persönlichen Maßstäben vornehmen.«

Katastrophale Kontinuitäten und Wiederholungszwang – in Österreich heißt das: Tradition. Selbstbehauptung und Selbstaufgabe sind eins, ihr Verfahren ist die Auslegung nach persönlichen Maßstäben, ihr Ziel heißt: Nicht stolpern!

Genauso wie die Karriere der literarischen Kunstfigur Bieringer verlief zum Beispiel auch die wirkliche Karriere von Michael Powolny, den wir als jenen Künstler bereits kennengelernt haben, der mit den Entwürfen für die Ehrenzeichen der Ersten Republik befaßt war. Powolny schuf unter anderem in der Monarchie Kaffeetassen mit Kaiserkrone, aber auch den Fries der Kaisertribüne des Wiener Trabrennplatzes, im Ständestaat den Dollfuß-Sarkophag, in der Nazizeit die Fassade des Hauses der Wehrmacht und den Adler mit Hakenkreuz, in der Zweiten Republik die Schilling-Münze (die mit dem Teufel) und vor allem die Gedenkmedaille »Niemals vergessen!«

Was sollen wir nach alldem niemals vergessen? Daß Österreich aus der Geschichte seine Lehre gezogen hat. Sie lautet: Besser vergessen – Wiederholen – Dem Ausland erklären.

Noch sind die Katastrophen der Zweiten Republik bloß symbolische: »Das Edelweiß«, stand in den österreichischen Zeitungen zu lesen, »droht auszusterben«.

6.

»Österreichische Wirklichkeit«, das scheint, wie wir nun schon mehrfach gesehen haben, eine contradictio in adjecto zu sein. Die Realität in diesem Land zeigt sich auf eine Weise zusammengesetzt, daß alles ununterbrochen in seinem Gegenteil aufgehoben wird und im gesamten nur virtuell als das existiert, was man gerade sehen will. Österreich hat sich vor seiner Geschichte abgeschottet und versucht dennoch von seiner Musealität zu leben. Österreich hat einen Nationsbegriff herausgebildet, der aus der wechselseitigen Aufhebung der klassischen Nationsbegriffe besteht, weshalb die Vollendung der österreichischen Nationswerdung nun aus der Preisgabe der Nation besteht. Österreich hat einen gesellschaftlichen Diskurs entwickelt, der dadurch charakterisiert ist, daß nie gesagt wird, was gemeint ist, und umgekehrt, wodurch alles eine symbolische Bedeutung erhält, die aber ihre wirkliche Bedeutung nach Möglichkeit nicht zeigt. Aber so konsequent die Realität in Österreich auch symbolisch reflektiert wird, so konsequent verlieren sich die offiziellen österreichischen Symbole im Irrealen. Der Staat, dessen konstitutiver Vertrag ein Anschlußverbot an Deutschland enthält, hat zugleich ein Staatswappen, in dem die historische Anschlußsehnsucht an Deutschland bis heute enthalten ist. Und er hat, wie jeder andere Staat der Welt, auch eine Hymne: Allerdings ist die Hymne, die in Österreich in Gebrauch ist, verfassungsrechtlich inexistent. Die österreichische Hymne, die 1946 durch ein Preisausschreiben unter Hobbydichtern ermittelt worden war, wurde ja, wie schon gesagt, nur als »Notlösung« gesehen, als Provisorium, weil man bei günstiger Gelegenheit die alte Haydn-Hymne »zurückgewinnen« wollte. Minister Hurdes hat daher dem Ministerrat vom Ergebnis des Preisausschreibens wohl Bericht erstattet, es aber unterlassen, diese Hymne im österreichischen Verfassungsgesetz festschreiben zu lassen, um beim erhofften späteren Austausch der Hymnen gesetzlich freie Hand zu haben. Der letzte diesbezügliche Versuch ist 1953 gescheitert, weshalb man am Ende doch bei »Land der Berge« blieb, nun allerdings darauf vergaß, das seinerzeit unterlassene Gesetz nachzutragen. Das österreichische Verfassungsgesetz sieht daher zwar ein Staatswappen, Staatsfarben, Staatssiegel, und auch einen Nationalfeiertag vor, aber keine Hymne. Es existiert nicht einmal ein einfaches Gesetzblatt mit der österreichischen Hymne, davon abgesehen, daß es zweifelhaft wäre, ob ein einfaches Gesetz ausreichen würde, wenn schon die Verfassung keine Hymne vorsieht. Dr. Bergmanns Definition der Hymne als »Gassenhauer« ist daher realer als der Begriff »Hymne« selbst.

Natürlich könnte man sagen, daß für die Existenz eines Staates eine verfassungsgesetzlich vorgesehene Hymne nicht von zentraler Bedeutung sei, daß es sich dabei, daß dieses Gesetz vergessen wurde, um ein belangloses Versehen handle, und die Hymne sich immerhin in Gebrauch befinde und sich insofern doch durchgesetzt habe. Gegen eine solche Interpretation wäre tatsächlich nichts einzuwenden, wenn die Geschichte der österreichischen Hymne als nichtexistierend Existierende bloß eine Ausnahme wäre und nicht eines von vielen symptomatischen Beispielen dafür, wie die österreichische Realität gleichsam verdunstet, wenn man genauer hinsieht. Dieses eigentümlich Real-Fiktionale und Sich-Entwirklichende an den Symbolen Österreichs, an seinem Nationalgefühl, an seiner Selbstdarstellung, seinem gesellschaftlichen Diskurs, seinem Selbstverständnis rührt vielleicht daher, daß hier eine immanente Logik wirksam ist, die in der grundsätzlichen Verfaßtheit dieser Republik begründet ist.

Aus Meinungsumfragen wissen wir, daß für die überwältigende Mehrheit der Österreicher die Neutralität als konstitutiv für Identität und Selbstverständnis Österreichs gilt, so selbstverständlich, wie der Staatsvertrag als die Grundlage für die Existenz Österreichs als freier und souveräner Staat angesehen wird. Die Bedeutung, die die Neutralität für diesen Staat und für das Nationalgefühl seiner Staatsbürger hat, manifestiert sich auch in dem Umstand, daß der österreichische Nationalfeiertag sich nicht auf die Gründung bzw. Wiedergründung des Staates bezieht, sondern auf die Beschlußfassung des Neutralitätsgesetzes durch das Parlament.

Die Neutralität, »das Fundament der österreichischen Identität« (so die Meinungsforscher), ist tatsächlich die fundamentale österreichische Real-Fiktion: Sie ist, wie man in historischen Dokumenten und in der Fachliteratur leicht nachlesen kann, auf völkerrechtlich verbindliche Weise inexistent. Sie ist Fiktion, war nur als Fiktion geplant, hat sich in den Köpfen der Österreicher als Fiktion selbständig gemacht, und nur als solche, als verselbständigte Fiktion, hat sie Realität erhalten.

Ein Blick auf das Zustandekommen der österreichischen Neutralität macht deutlich, warum sie völkerrechtlich verbindlich nicht existiert, beziehungsweise warum sie nur als Fiktion existiert, als die sie geplant war.

Nach Stalins Tod im März 1953 stiegen Österreichs Chancen auf den Staatsvertrag, zugleich wurde deutlich, daß die Sowjetunion eine endgültige Zustimmung zu einem Staatsvertrag mit der Bedingung verknüpfen werde, daß Österreich neutral werden müsse. Mit dieser Perspektive war weder die österreichische Regierung glücklich (man bot die Zusage an, »keinen militärischen Bündnissen beizutreten und militärische Stützpunkte auf seinem Gebiet nicht zuzulassen«, wollte aber die viel weiterreichenden politischen und wirtschaftlichen Konsequenzen, die eine wirkliche Neutralität mit sich bringt, vermeiden; Vizekanzler Schärf drohte einmal sogar die Verhandlungskommission zu verlassen, sollte der Begriff Neutralität in den Verhandlungen explizit festgeschrieben werden), noch waren die westlichen Alliierten, die USA, Frankreich und England, an einer Neutralität Österreichs interessiert.

Zwischen Juli und September 1953 arbeitete das amerikanische State Departement mit Hilfe der amerikanischen Botschaft in Wien ein Grundsatzpapier aus, das die Bedingungen zusammenfaßte, unter denen die USA und die westlichen Alliierten einer Neutralität Österreichs zustimmen würden. Dieses Grundsatzpapier, ein Genie-Streich realpolitischer Dialektik, entwickelte als Grundlage für die weitere Verhandlungsführung gleichsam einen Neutralitätsbegriff mit eingebautem Zeitzünder, der dazu führen sollte, daß die österreichische Neutralität, im Augenblick ihrer gesetzlichen Verabschiedung, sich buchstäblich verabschiedet und sich auflöst.

Zunächst heißt es in diesem Papier: Auch wenn die Neutralisierung (Neutralisation) Österreichs weder im amerikanischen noch im britischen oder französischen Interesse gelegen wäre und auch für Österreich selbst Probleme mit sich brächte, »würde (es) für die Vereinigten Staaten äußerst schwierig sein, in Österreich eine öffentliche und auch von der Bevölkerung getragene Unterstützung bei der Zurückweisung eines sowjetischen Vorschlags zur Neutralität zu erhalten, wenn ein solcher Vorschlag sowjetischerseits mit der Bereitschaft zum Abschluß des Staatsvertrages gekoppelt wäre«. Wenn also die amerikanische Regierung nicht umhinkäme, die Neutralität Österreichs als Voraussetzung für den Staatsvertrag zu akzeptieren, dann müßten damit eine Reihe von Punkten erfüllt werden. Die beiden in unserem Zusammenhang wichtigsten Punkte sind die Punkte 1 und 3:

»1. Sollte die Neutralisierung Österreichs in einer Form geschehen, daß die Beteiligung an der politischen, wirtschaftlichen und kulturellen Einigung Europas nicht in Frage gestellt wäre. (...)

3. Sollte die Neutralisierung Österreichs in einer Form geschehen, daß dies als einseitiger österreichischer Akt erscheine, anstelle einer von allen vier Besatzungsmächten auszusprechenden Garantie der Neutralität.«

Dieser 3. Punkt ist deshalb so bedeutsam, weil er der klaren völkerrechtlichen Definition von Neutralität diametral widerspricht. Das Völkerrecht definiert den Neutralitätsstatus eindeutig als wechselseitiges Verhältnis zwischen einem neutralen Staat und anderen Staaten. Diese Wechselseitigkeit ist durch bloße »Anerkennung« der Neutralität noch nicht gegeben, sie bedarf auch der »Garantieerklärungen« im wesentlichen der Nachbarstaaten und der Großmächte. Erst diese »Garantieerklärungen«, die im Grunde nichts anderes bedeuten, als daß die betreffenden Staaten sich verpflichten, dem neutralen Staat im Falle einer Bedrohung beizustehen, machen aus der »Neutralität« ein völkerrechtliches Faktum. Wenn ein Staat sich für neutral erklärt, ohne die entsprechenden Garantiezusagen zu bekommen, dann ist diese Neutralitätserklärung nichts anderes als die staatspolitische Variante eines solipsistischen Aktes. Es gibt eine Reihe von historischen Exempeln, die dies verdeutlichen: 1831 wurde etwa das damals neutrale Belgien von den Niederlanden militärisch überfallen; Frankreich war eine der Mächte, die die belgische Neutralität garantiert hatten, weshalb französische Truppen zu Hilfe kamen, die Niederländer aus Belgien hinauswarfen und sich dann zurückzogen.

Die im State Department-Grundsatzpapier entwikkelte Idee einer Neutralitätserklärung Österreichs ohne entsprechende Garantieerklärungen bedeutete natürlich, daß die österreichische Neutralität ausschließlich als Möglichkeit gesehen wurde, die »instrumental zur Herbeiführung des Staatsvertrages verwendet werden könnte«, in der Folge aber, durch den völkerrechtlich höchst zweifelhaften Status dieser Neutralität, ermöglichen würde, daß Österreich sich außenpolitisch im Zweifelsfalle »jederzeit so verhalte, als ob es nicht neutral wäre«.

Natürlich konnte dies nicht explizit gegenüber den Sowjets ausgewiesen und ihnen schmackhaft gemacht werden. Man brauchte eine Formel, die eine Zustimmung zur Neutralität suggerierte, aber die Exkludierung entsprechender Garantieerklärungen plausibel machte. Diese Formel präsentierte US-Außenminister John Foster Dulles bei der Berliner Außenministerkonferenz im Februar 1954: Es sei unmöglich, sagte er, die Neutralität Österreichs im Staatsvertrag festzuschreiben (wodurch ja die Neutralität automatisch von den Signatarstaaten garantiert gewesen wäre), da nur ein freier und souveräner Staat seine Neutralität erklären könne. Neutralität sei wertlos, wenn sie von fremden Mächten ausgehandelt werde, sondern müsse nach Abzug aller Truppen von österreichischem Staatsgebiet freiwillig beschlossen werden.

Diese Position ist zwar völkerrechtlich und historisch nicht ganz korrekt – die Schweizer Neutralität etwa ist 1815 von den Mächten des Wiener Kongresses ausgehandelt worden, die Belgische Neutralität 1831 von den fünf führenden europäischen Mächten, der sogenannten Pentarchie –, aber das schien belanglos, zumal Österreich schließlich den Sowjets die verbindliche Zusage machte, daß es nach Erhalt des Staatsvertrages und nach Abzug aller Truppen seine immerwährende Neutralität erklären werde. Diese Zusage wurde im April 1955 im sogenannten Moskauer Memorandum niedergelegt. Darin verpflichtete sich Österreich auch (Punkt 3 der gegebenen Zusagen), alle Schritte zu unternehmen, um eine breite internationale Anerkennung seiner Neutralität zu erhalten, weiters (in Punkt 4) auch die entsprechenden Garantieerklärungen zu begrüßen.

Diese Aufspaltung von »Anerkennung« und »Garantie« in zwei verschiedene Punkte verdeutlicht noch einmal, daß es sich dabei um qualitativ ganz unterschiedliche Dinge handelt: »Anerkennung« bedeutet, daß die Neutralitätserklärung eines Staates ohne weitere Implikationen zur Kenntnis genommen wird. Erst die »Garantieerklärungen« sichern sie international verbindlich ab.

Mit diesen Zusagen Österreichs war jedenfalls der Weg zum Staatsvertrag endgültig frei, der Staatsvertrag wurde unterzeichnet, die alliierten Truppen zogen aus Österreich ab, das österreichische Parlament beschloß das Gesetz der immerwährenden Neutralität – und wunderbarerweise erfolgte keine einzige Garantieerklärung, weder von den Alliierten noch von einem Nachbarstaat. Die Alliierten übersandten wörtlich gleichlautende, also zweifellos vorher abgesprochene Anerkennungsnoten, und es ist zu vermuten, daß die Sowjetunion deshalb darauf verzichtete, eine Garantieerklärung anzufügen, um die beginnende Entspannungspolitik nicht dadurch zu gefährden, daß sie sich zur alleinigen Schutzmacht eines Staates aufwarf, der sofort auf westlichen Kurs einschwenkte.

Nur so ist verständlich, warum Österreich sofort nach Erklärung seiner Neutralität in die UNO eintrat, obwohl Hans Kelsen, der »Vater« der österreichischen Verfassung, darauf hinwies, daß immerwährende Neutralität und UNO-Mitgliedschaft einander ausschlössen. Die Schweiz hingegen (das angebliche Vorbild für Österreichs Neutralität) hat aus Neutralitätserwägungen heraus diesen Schritt nie getan und diskutiert auch heute einen etwaigen UNO-Beitritt nur in Zusammenhang mit einer Aufgabe der Neutralität. Ein anderes völkerrechtlich paradigmatisches Beispiel: Belgien erklärte seine immerwährende Neutralität offiziell für beendet, als es nach dem Ersten Weltkrieg Mitglied des Völkerbundes wurde.

Und nur deshalb ist auch verständlich, warum der österreichische Nationalrat immer wieder Gesetze erließ, die das Neutralitätsgesetz formal systematisch einschränken, etwa dahingehend, daß die Teilnahme an Maßnahmen des Sicherheitsrates über die Neutralität zu stellen sei. So kann Österreich, im Gegensatz zur Schweiz, Transitflüge von kriegführenden Parteien durch seinen Luftraum oder Transporte von Kriegsgerät durch sein Hoheitsgebiet gestatten, also seinen realen außenpolitischen Verpflichtungen nachkommen, ohne sein fiktives innenpolitisches Selbstverständnis, das immerhin in einem Verfassungsgesetz festgelegt ist, zu tangieren. Diese Perspektive hatte man eben vor Augen, als man in dem Grundsatzpapier des US State Departments formulierte, »daß eine einseitige Neutralitätserklärung einer vielseitigen Garantie der österreichischen Neutralität absolut vorzuziehen« sei.

Dieser fiktive Charakter der österreichischen Neutralität ist auch der Grund dafür, daß auf den ersten Blick überraschend viele (nämlich vierundsiebzig) Staaten die österreichische Neutralität nicht anerkannten, weder explizit noch »stillschweigend«, obwohl sie diplomatische Beziehungen mit Österreich unterhalten. Wahrscheinlich erschien ihnen eine solche Anerkennung belanglos, wenn schon die Großmächte und Nachbarn die Neutralität Österreichs nicht garantierten. Daß eine einseitige, nicht garantierte Neutralitätserklärung international zu nichts verpflichtet und daß die Frage, wer diese Neutralität anerkannt hat, weiters belanglos ist, sah man etwa besonders deutlich während des Golfkriegs, als Österreich den Transport von »Bergepanzern« durch sein Territorium gestattete: Diese sogenannten »Bergepanzer« waren, im Krieg zur Befreiung Kuwaits, dazu bestimmt, irakische Soldaten bei lebendigem Leib im Wüstensand zu begraben – Irak hatte die Neutralität Österreichs anerkannt, Kuwait hat die österreichische Neutralität nie anerkannt.

Der real-fiktionale Charakter der österreichischen Neutralität kommt wesentlich daher, daß sie, wiewohl außenpolitisch höchst zweifelhaft und in jedem konkreten Zweifelsfall inexistent, innenpolitisch geradewegs zu einem Mythos wurde. Die Tatsache, daß Österreich den ersehnten Staatsvertrag letztlich der Bereitschaft verdanke, seine Neutralität zu erklären, und der Glaube, daß Neutralität bedeute, künftig in keine Auseinandersetzungen der Weltmächte mehr hineingezogen zu werden, bewirkte in der zweiten Hälfte der fünfziger Jahre eine beinahe religiöse Dankbarkeit und Zustimmung zu diesem Verfassungsgesetz. Es gab damals eine Reihe von Stimmen, die vehement diese Mythologisierung der Neutralität kritisierten und bekämpften, aus Sorge darüber, daß diese Stimmung in der Bevölkerung die Regierung in ihren realpolitischen Verpflichtungen einengen könnte. Die damaligen Argumente gegen eine »Überbewertung des Neutralitätsgesetzes« sind übrigens verblüffend ähnlich mit den in Hinblick auf Österreichs EG-Beitrittsambitionen vorgebrachten: Österreich sei »von der Sowjetunion zur Erklärung der Neutralität gezwungen« worden, beziehungsweise »Österreich habe seine Neutralität nicht ganz freiwillig erklärt«; man könne sie jederzeit, »wenn der realpolitische Druck wegfällt« oder »wenn die Realpolitik es gebietet« oder »da uns nun die Sowjetunion als Vertragspartner abhanden gekommen ist«, einfach »durch Verfassungsgesetz beenden«; die Neutralität dürfe »nicht zum Mythos werden« oder »kein Dogma sein«, »nicht hochstilisiert« oder »den Menschen eingeredet« werden; sie dürfe »nicht zur Staatsdoktrin« werden, bzw. sie »wurde zur weltfremden Staatsdoktrin«. (Alle Zitate stammen aus österreichischen Zeitungen der Jahre 1956/57 bzw. 1991/92.) Aber es half und hilft nichts: Die Neutralität hat sich und blieb so fest im allgemeinen Bewußtsein Österreichs verankert, daß es heute kein Regierungspolitiker wagen kann, sie verbal so leichtfertig abzutun, wie es in der Praxis durchaus immer geschah und geschieht, wie es ursprünglich gedacht war. Die österreichische Regierung war deshalb gezwungen, ihre Entweder-und-Oder-Politik in dieser Frage noch zu radikalisieren. Anfang März 1992 etwa sagte Bundeskanzler Franz Vranitzky: Es könne sein, daß sich die österreichische Neutralität nun »als überflüssig« erweise; allerdings sei dies »eine abstrakte Gedankenspielerei«. Außenminister Mock zeigte sich erfreut, daß die SPÖ in dieser

Frage mit der ÖVP konform gehe, denn die Neutralität dürfe kein Hindernis für einen österreichischen EG-Beitritt und für eine Teilnahme an einem europäischen Sicherheitssystem sein, im übrigen sagte er: »Ich sehe aber keinen Grund, die Neutralität abzuschaffen.«

Daß die Neutralität »überflüssig« sei, ist ein Signal nach außen und sagt als solches die Wahrheit, nämlich: Keine Angst, liebe EG, daß uns die Neutralität außenpolitisch die Hände bindet, denn sie ist nur innenpolitisch von Bedeutung. Es ist völlig überflüssig, bei unseren außenpolitischen Ambitionen auf ihr herumzureiten.

Und daß es »keinen Grund gibt, die Neutralität abzuschaffen«, ist ein Signal nach innen und sagt als solches ebenfalls die Wahrheit, nämlich: Keine Angst, liebe Österreicherinnen und Österreicher, daß wir die Neutralität, das Fundament Eures Selbstverständnisses und Eures Sicherheitsgefühls, aufgeben werden. Wir wissen ja aus den Meinungsumfragen, wie wichtig sie Euch ist. Als solche, als bloßen Glaubensinhalt, könnt Ihr sie immer behalten, darum heißt sie ja »immerwährend«.

Es gibt tatsächlich keinen Grund, die Neutralität aus außenpolitischen Gründen abzuschaffen – wenn sie lediglich eine innenpolitische Fiktion Österreichs ist, und real und faktisch nur als solche existiert.

Als Fundament des österreichischen Selbstverständnisses stützt sich diese innenpolitische Fiktion wechselseitig mit jener außenpolitischen Fiktion, der sie die

Existenz dieses Staates und die Neutralität verdanken: mit dem Staatsvertrag. Der Staatsvertrag ist die Grundlage dafür, daß Österreich als souveräner Staat von der internationalen Staatengemeinschaft anerkannt wird, er ist also die reale Existenzgrundlage dieser Republik – und doch muß man fragen, ob dieser Vertrag überhaupt noch reale Gültigkeit hat, oder ob er nicht vielmehr zur bloßen Fiktion geworden ist, in Anbetracht der Tatsache, daß er kontinuierlich und konsequent von Österreich verletzt und gebrochen wurde und wird. Denn der Staatsvertrag ist ja nicht bloß ein kurzer Vertrag des Inhalts, daß die Befreier Österreichs sich bereit erklären, ihre Truppen abzuziehen und dieses Land nun in seine Souveränität und Selbstbestimmtheit zu entlassen, sondern enthält auch eine Reihe von Bestimmungen, denen Genüge zu tun sich Österreich verpflichtet. Es wurden daher in Österreich immer wieder, und in letzter Zeit besonders vehement, Stimmen laut, die kritisierten, daß der Staatsvertrag die volle Souveränität Österreichs einschränke und daher aufgekündigt werden solle.

Diese Kritik ist natürlich eine völlige Verdrehung der Tatsachen, nicht nur weil sie in dem Papier, das der Republik Österreich Souveränität zuerkennt, eine Beschneidung der Souveränität sieht, sondern vor allem auch deshalb, weil Österreich schon längst, wenn auch international unbemerkt, den Staatsvertrag aufgekündigt hat.

Keine einzige der Bestimmungen des Staatsvertrages

schränkt in irgendeiner Weise die Souveränität Österreichs ein, die im Artikel 1 zugestanden wird – im Gegenteil: sie alle haben den funktionalen Sinn, die Souveränität und Unabhängigkeit des Staates und die bürgerlichen Freiheiten und Rechte der Staatsbürger abzusichern. Pointiert könnte man sagen, daß die einzige Einschränkung der Souveränität Österreichs durch den Staatsvertrag darin besteht, daß dieser Österreich zu seiner vollen Souveränität zwingt und die Preisgabe dieser Souveränität in jeglicher Form verbietet. Fast alle diese Bestimmungen hat Österreich von Anfang an in seiner Praxis ignoriert und gebrochen: Österreich darf keine wie immer geartete politische oder wirtschaftliche Vereinigung mit Deutschland eingehen und verpflichtet sich, keine Handlungen zu setzen, die zu einer unmittelbaren oder mittelbaren Abhängigkeit von Deutschland führen (Artikel 4). Heute ist der österreichische Außenhandel zu etwa 60% und die österreichische Währungspolitik zu 100% von Deutschland abhängig, weiters kommt Österreichs EG-Beitritt nach Expertisen von Rechtsexperten einer verbotenen mittelbaren Vereinigung mit Deutschland gleich.

Österreich verpflichtet sich zur strikten Einhaltung der Menschenrechte (Artikel 6). Tatsächlich wurden der Republik Österreich von Amnesty International die meisten Menschenrechtsverletzungen aller westlichen Länder nachgewiesen, einzelne österreichische Gesetze, wie etwa das Polizeibefugnisgesetz, widersprechen (auch nach der Novellierung) erwiesenermaßen der internationalen Menschenrechtskonvention.

Österreich verpflichtet sich zum Schutz der Rechte der slowenischen und kroatischen Minderheiten (Artikel 7). Tatsächlich gibt es keineswegs in ausreichender Zahl Schulen mit Unterricht in slowenischer oder kroatischer Sprache; es gibt keine zweisprachigen Ortstafeln; in den Verwaltungs- und Gerichtsbezirken Kärntens, des Burgenlandes und der Steiermark ist Slowenisch oder Kroatisch noch immer nicht als zweite Amtssprache zugelassen; und die Tätigkeit von Organisationen wie etwa des Kärntner Heimatdienstes, die gegen die Rechte der Minderheiten agitieren, ist nicht, wie im Staatsvertrag vorgeschrieben, verboten.

Österreich verpflichtet sich nicht nur, alle nazistischen Organisationen aufzulösen, sondern auch alle Spuren des Nazismus aus dem politischen, wirtschaftlichen und kulturellen Leben zu entfernen (Artikel 9). Politisch wurde in Österreich sehr bald mit dem VdU (aus dem dann die FPÖ, und schließlich die F-Bewegung, hervorging) eine Sammelorganisation ehemaliger Nazis als wahlwerbende Gruppe zugelassen, es gab weder politisch noch wirtschaftlich irgendwelche Vorkehrungen, um die personellen oder strukturell-organisatorischen Kontinuitäten aus der Nazi-Zeit zu unterbinden, und kulturell sei beispielsweise nur auf die Geschichte des österreichischen Staatspreises für Literatur verwiesen, den zunächst alle österreichischen Nazi-Dichter kassierten, die in der Folge auch noch Eingang fanden in die für den Unterricht approbierten Lesebücher.

Österreich verpflichtet sich, alle gesetzgeberischen und administrativen Maßnahmen, die zwischen dem 5. März 1933 und dem 30. April 1945 getroffen wurden, aufzuheben oder abzuändern (Artikel 10). Tatsächlich waren genau diese Gesetze bis in die 70er Jahre, bis zu Brodas punktuellen Justizreformen, die »modernsten« Bestandteile des österreichischen Rechts und sind bis heute nicht gänzlich getilgt oder umfassend abgeändert.

Österreich verpflichtet sich, keine Vermögenschaften in das Eigentum deutscher juristischer Personen oder – sofern der Wert der Vermögenschaften 260.000 Schilling übersteigt – deutscher physischer Personen zu übertragen (Artikel 22,13). Tatsächlich spekuliert Österreich etwa bei der Privatisierung von Staatsbetrieben unverhohlen auch auf deutsche Anleger.

Die einseitige Aufhebung des österreichischen Staatsvertrages durch die tägliche österreichische Praxis ist in jedem der angeführten Punkte so offensichtlich und allgemein bekannt, daß sich ausführliche Belege erübrigen.

Dennoch »funktioniert« der Staatsvertrag. Er ist bis heute die Grundlage von Österreichs Anerkennung als souveräner Staat in der internationalen Staatengemeinschaft. Keiner der Signatarstaaten und kein anderer Staat der Welt hat dies bislang in Abrede gestellt und Sanktionen gefordert, weil Österreich die Bestimmungen des Staatsvertrages nicht einhält. Der Staatsvertrag ist zwar innenpolitisch aufgehoben und damit ausgelöscht und inexistent, aber er besteht als außenpolitisch real wirksame Fiktion weiter. Staatsvertrag und Neutralität, die außenpolitische und die innenpolitische Real-Fiktion, stützen einander ab wie zwei aneinandergelehnte Spielkarten, so daß sie nicht umfallen können und gemeinsam ein deutlich sichtbares A ergeben. A wie Austria. Es ist schwer dagegen zu polemisieren, solange dieses Dach steht, sichtbar ist und anerkannt wird. Man muß daran glauben. Aber es ist schwer, nicht dagegen zu polemisieren, solange alles, was eingeht unter dieses Dach, eingeht unter diesem Dach.

7.

Wie wirklich kann die Wirklichkeit sein, wenn ihr Fundament aus Fiktionen besteht? Diese Frage ist vielleicht wirklich belanglos, wenn man bedenkt, daß jede Gesellschaft in ihrer täglichen Praxis, ob sie es will und weiß oder nicht, Realität herstellt, egal wie fiktional die Prämissen sind, unter denen sie es tut. Aber es ist doch bemerkenswert, daß in Österreich die Fiktionen so besonders konsequent und hartnäckig reproduziert werden, wenn es um das Konstitutive der Realität geht. Dies betrifft ja nicht nur den Staatsvertrag und die Neutralität, sondern auch die Verfassung und das politische und gesellschaftliche Organisationssystem Österreichs.

Seiner Verfassung nach ist Österreich eine parlamentarische Demokratie. Das ist es allerdings nicht in Wirklichkeit. Denn alle wesentlichen Entscheidungen werden nicht von gewählten Volksvertretern im Hohen Haus getroffen, sondern von demokratisch nicht legitimierten Funktionären in den Gremien der Sozialpartnerschaft. Aber selbst wenn dies wirklich so ist, darf man nicht glauben, daß man mit dieser Information nun in gesichertes Terrain kommt. Denn während das Parlament nur zum Schein existiert, so scheint es die Sozialpartnerschaft in Wahrheit gar nicht zu geben: Es gibt kein Verfassungs- und auch kein Bundesgesetz, das eine Institution wie die Sozialpartnerschaft vorsieht und ihren Wirkungsbereich beschreibt. Rein rechtlich ist die Sozialpartnerschaft tatsächlich inexistent. Das ist deswegen erstaunlich, weil sie als staatstragende Institution, ja als »eigentliche Regierung« gilt. Aber sie ist von der Verfassung weder ursprünglich vorgesehen noch später zur Kenntnis genommen worden, sie ist gewissermaßen eine Fiktion, aber sie funktioniert wirklich, sie ist also typisch österreichisch eine Real-Fiktion.

Wir haben schon gesehen, daß dieses österreichische Prinzip der Real-Fiktionen alles in diesem Staat affiziert, das Reale wird unwirklich und das Unwirkliche real.

Es ist kein Zufall, daß sich ein eigener Begriff herausgebildet hat, der alles bezeichnet, was in Österreich zwar nicht wirklich, aber dafür wirksam ist; der Begriff lautet: »Österreichische Realverfassung«. Alles, worauf dieser Begriff verweist, existiert nicht in der österreichischen Verfassung, sondern »nur« in der Realität, und umgekehrt.

Jeder, der weiß, daß das Parlament gleichsam nur schöner Schein ist, hat das Parlament schon gesehen, aber wer hat einmal »die Sozialpartnerschaft« gesehen, eines ihrer Gremien, zumindest ihre Räumlichkeiten, wenigstens die Polstertür, hinter der ihre Sitzungen abgehalten werden?

Es ist wahrscheinlich einzigartig in der Welt, daß eine Institution, die nicht bloß als sehr einflußreich oder als allzu einflußreich, sondern gleich als die eigentliche Regierung eines Staates gilt und von allen Spitzenrepräsentanten des Staates als solche anerkannt ist, nicht in der Verfassung oder in Gesetzblättern beschrieben ist, sondern ausschließlich in einer Vielzahl von wissenschaftlichen Untersuchungen, wodurch klar ausgedrückt ist, daß diese »Regierung« als etwas Unbekanntes, wissenschaftlich noch lange nicht Gesichertes erscheint, das es erst zu erforschen gilt. Überblickt man die wissenschaftliche Literatur zur Sozialpartnerschaft, dann kann man feststellen, daß sich die Politologie in dieser Frage von einer Variante der Ufo-Forschung, die erst einmal die Existenz des zu untersuchenden Gegenstandes nachweisen muß, zu einer Variante jener Ethnographie fortentwickelt hat, die sich auf die Aussagen von Missionaren stützen muß, ohne selbst Zugang zu der untersuchten Volksgruppe zu haben.

All diesen Arbeiten scheint als Motto der Satz des englischen Anthropologen James Frazer vorangestellt, der auf die Frage, ob er das von ihm beschriebene fremde Brauchtum aus eigener Anschauung kenne, geantwortet haben soll: »But Heaven forbid!«

So finden sich in den Darstellungen der Sozialpartnerschaft etwa Pseudoformalisierungsversuche des Informellen, eine Vielzahl von Kästchen und Verbindungslinien, die an den graphischen Aufriß einer instrumentell vernünftig organisierten Konzerngruppe gemahnen, zugleich aber auch immer wieder deren Zurücknahme in Polit-Legenden, etwa daß es sich bei der Sozialpartnerschaft im Grunde um eine »Tarockrunde« handle, um einen Karten spielenden Freundeskreis von Vertretern der verschiedenen weltanschaulichen Lager und Interessengruppen, deren politisch so konsequenzreiche private Freundschaft sich einer historischen Erfahrung verdanke: »Am Anfang stand zweifellos die vielzitierte gemeinsame Erfahrung der Konzentrationslager«, wiederholte etwa Peter Michael Lingens unlängst in der *Wirtschaftswoche*. Christlichsoziale und Sozialdemokraten hätten im KZ ihre jeweiligen politischen Gegner als »anständige Menschen« kennengelernt und erkannt, daß die Differenzen zwischen ihren Weltanschauungen unerheblich waren neben dem Abgrund, der sie vom Nationalsozialismus trennte. »Zweifellos« ist an dieser Legende nur, daß sie tatsächlich »vielzitiert« ist. Leider gibt es aber keine ergänzende Legende, die erklärt, warum, wenn man nachprüft, tatsächlich keiner der Begründer der »Paritätischen Kommission« und schon gar keiner derer, die diese dann zu einem umfassenden, in alle Gesellschaftsbereiche hineinregierenden System ausbauten, in einem Konzentrationslager gewesen ist, also weder Johann Böhm noch Julius Raab, weder Anton Benya noch Rudolf Sallinger. Auch der in der Regierung Raab so mächtige Bauernvertreter Franz Thoma war nie in einem KZ; als Hitler-Opfer könnte er nur insofern gelten, als seinem 1938 gestelltem Antrag auf NSDAP-Mitgliedschaft von der Gauleitung 1943 nicht stattgegeben und seine »provisorische

Mitgliedschaft« gelöscht wurde.

Als gesichert, was die Sozialpartnerschaft als Institution betrifft, kann aber folgendes gelten: Sie besteht aus einer Gruppe von Funktionären, die, so sie überhaupt demokratisch gewählt sind, in ganz andere, mit ihrer Tätigkeit in der Sozialpartnerschaft unvereinbare Verantwortlichkeiten gewählt wurden, weshalb sie in gar keiner Verantwortlichkeit mehr stehen. Sie treffen einander als Vertreter von gesellschaftlichen Interessengruppen, die, auch wenn sie so tun als ob, keine öffentlich-rechtlichen Körperschaften sind, sondern bloß Vereine, wie etwa der ÖGB, der ohne Rechtspersönlichkeit verfassungsrechtlich nicht gedeckte Privilegien hat, zum Beispiel das Recht, auch für Nicht-Mitglieder Kollektivverträge abzuschließen; oder die »Präsidentenkonferenz der Landwirtschaftskammern Österreichs«, ebenfalls bloß ein Verein, der verfassungsrechtlich unzulässig wie eine Bundeslandwirtschaftskammer auftritt. Oder aber es sind Verbände, die über gesetzlich gedeckte, aber in Widerspruch zur Verfassung stehende Privilegien verfügen, etwa dem Recht, ihre Mitglieder durch Zwangsmitgliedschaft zu rekrutieren und Beiträge von diesen automatisch einzuziehen.

Die Spitzenfunktionäre dieser Vereine und Verbände nun setzen sich mit Regierungsmitgliedern informell hinter verschlossenen Türen zusammen, gewissermaßen einen weiteren Verein bildend, der aber nicht einmal bei der Vereinspolizei gemeldet ist, sich aber dennoch Vereinsstatuten gegeben hat, etwa dieses, daß seine Mitglieder verpflichtet sind, untereinander Einstimmigkeit herzustellen.

Nun kann man zu Recht sagen, daß die Tatsache, daß sich eine Handvoll Männer regelmäßig trifft, also quasi als Verein, aber ohne als Verein gemeldet zu sein, und dabei alle wichtigen gesellschaftlichen, politischen und wirtschaftlichen Fragen diskutiert und zu einer gemeinsamen Ansicht kommt, nichts Einzigartiges darstellt. In Österreich gibt es Abertausende solcher Quasi-Vereine, sie alle werden in der Regel »Stammtisch« genannt. Und sie alle sind ebenfalls auf eine formal nicht überprüfbare Weise doch auch in der offiziellen Politik vertreten, dadurch nämlich, daß sich jede österreichische Partei als Dachverband dieser Vereine anbietet. Der Unterschied ist nur, daß die Beschlüsse des Sozialpartnerschaft genannten Privat-Vereins in der Folge automatisch zu österreichischen Gesetzen werden – zu Gesetzen, die aus dem rechtlichen Nichts kommen. Bekanntlich gibt es eine Reihe von Argumenten (zu untersuchen wäre einmal die Interessenlage derer, die sie formulierten), denenzufolge gerade dies ein Segen für Österreich sei. Nun kann einem Segen tatsächlich nichts entgegengehalten werden, am allerwenigsten der Hinweis, daß dieser Segen in Wahrheit kein Segen ist – denn keiner der Gläubigen würde das glauben. Heaven forbid.

Aber es ist unbestreitbar, daß dies eine radikale Eigentümlichkeit darstellt: daß sich ein Rechtsstaat dort am stabilsten empfindet, wo er mit allgemeiner Zustimmung im rechtlosen Raum agiert.

Man darf ja nicht glauben, daß die Sozialpartnerschaft nach dem »Bundeshymne-Prinzip« entstanden ist: daß da also etwas informell in Gebrauch gekommen ist, was alle anderen zivilisierten Länder auch haben, was nur symbolische Bedeutung hat, ganz erbaulich ist und niemandem schadet, und was dann nur vergessen wurde, in der Verfassung festzuschreiben. Im Gegenteil: die Regierung und die Sozialpartner wußten ganz genau, daß sie mit der Institutionalisierung ihres Verhandlungsgremiums und mit der Macht, die sie diesem Gremium zuerkannten, einen Verfassungsbruch begingen, und sie praktizieren diesen Verfassungsbruch ganz bewußt immer weiter. Denn zunächst war diese Institution unter dem Titel »Wirtschaftsdirektorium der Bundesregierung« (1951/52) durch Bundesgesetz eingerichtet worden – worauf es vom Verfassungsgerichtshof ausdrücklich als verfassungswidrig befunden wurde. Die Regierung und die Spitzenfunktionäre der Interessenvereine und -verbände zogen daraus die Konsequenz, eben ohne gesetzliche Deckung weiterzumachen und sich nur »privat« zu treffen – dadurch ist die »Paritätische Kommission« vor einem weiteren verfassungsgerichtlichen Urteil geschützt, weil sie kein vom Verfassungsgerichtshof zu beseitigendes Substrat besitzt.

Diese pragmatische Rücknahme des Rechtsstaates, diese Verabschiedung von den bürgerlichen Idealen im

Namen einer gesellschaftlichen Rationalität, wird heute nicht nur in Österreich, sondern weltweit anerkannt.

Die Konsequenzen des sozialpartnerschaftlichen Systems, also etwa die niedrige Streikrate, die niedrigen Lohnabschlüsse bei dennoch allgemeiner gesellschaftlicher Zufriedenheit etc., werden bekanntlich als vorbildlich angesehen. Offenbar will die weltgeschichtliche Entwicklung nicht bei der stattgehabten Rücknahme der sozialistischen Revolution stehenbleiben. Die letzte Utopie der abgeklärten Welt scheint die Aufhebung auch der französischen Revolution zu sein – was in Österreich, und vorerst nur in Österreich, bereits gelungen ist. Dies ist keine bemüht originelle Interpretation, sondern explizit die Ansicht jener, die gerade das rechtlich und faktisch Bedenkliche der Sozialpartnerschaft bewundern.

Im September 1989, also in dem Jahr, in dem die Staaten, die sich auf die sozialistische Revolution beriefen, ins Wanken kamen und zugleich auch das große Jubiläum der französischen Revolution gefeiert wurde, fand in Den Haag ein Seminar über das Thema »Sozialpartnerschaft und Rechtspolitik« statt. Als dort der österreichische Verfassungsrechtler Hans R. Klecatsky in Hinblick auf die Sozialpartnerschaft die österreichische »Verfassungsruine« kritisierte, wurde ihm bei der Diskussion von Dr. DDr. h.c. o. Univ.-Prof. Theo Mayer-Maly, einem Adepten der Sozialpartnerschaft, entgegengehalten:

»Mir paßt das System. Ich würde nun gerne vom Vortragenden Klecatsky diese einfache Auskunft bekommen: Paßt es ihm oder paßt es ihm nicht? Ich habe nämlich doch den Eindruck einer gewissen Antipathie, besonders deutlich bei den Appellen, mit der parlamentarischen Demokratie reinsten Wassers ernst zu machen. Wenn wir das wirklich machen, kommt das den Wirkungen einer Revolution gleich. Was ich Klecatsky in Verdacht habe, zu postulieren, ist, endlich die Französische Revolution bei uns einzuführen. Denn eines ist ja ganz klar: Das, was wir als System der Sozialpartnerschaft etabliert haben, hat die Französische Revolution in einem wichtigen Bereich rückgängig gemacht. Denn eines der zentralen Ziele der Französischen Revolution war die Beseitigung der Korporationen. Es lag aber an uns, in diesem Teil die Französische Revolution rückgängig zu machen und wieder ein korporatives Element einzuführen. Und dieser Mechanismus, möchte ich sagen, der paßt mir.«

Die Aufhebung der Französischen Revolution – wieder ein Beispiel für Österreichs avantgardistische Musealität, oder, wie Klecatsky es nannte: »Paläolithische Herrschaftselemente«, deren »Kraft, die sie treibt, in die Zukunft weist«. Ihr Motto ist: Freiheit von demokratischer Kontrolle, Gleichheit in den Gremien, Brüderlichkeit in der Preisgestaltung.

Ist dies wirklich so? Die Frage nach der Wirklichkeit ist in Österreich grundsätzlich falsch. Wirklich ist nur eines mit Sicherheit: Daß die österreichische Wirklichkeit niemanden wirklich tangiert. Die Sozialpartnerschaft, die nicht wirklich existiert, übt wirklich Macht aus, aber so, daß sie die Wirklichkeit entwirklicht. Denn dadurch, daß alle relevanten Entscheidungen abseits von Öffentlichkeit und demokratischer Kontrolle getroffen werden, das Zustandekommen der Realität also nie nachvollzogen werden kann, erhält die Realität im allgemeinen Bewußtsein etwas Diffuses, den Charakter des irgendwie Gegebenen, in dem man es sich eben möglichst glücklich einzurichten versucht. Und die »Gebenden« sind erst recht in Nebel gehüllt. Entsprechende Meinungsumfragen in Österreich belegen dies: Eine Untersuchung des Instituts für empirische Sozialforschung ergab, daß die überwiegende Mehrheit der Österreicher keine Angabe darüber machen konnte, was »Sozialpartnerschaft« sei und wie sie funktioniere, aber dennoch das Wirken der Sozialpartnerschaft einhellig als »vorteilhaft für Österreich« beurteilte.

In dem vom jetzigen Parlamentspräsidenten Heinz Fischer herausgegebenen Band *Das politische System Österreichs* heißt es daher im Abschnitt über die Sozialpartnerschaft: deren Politik sei »illusionär«, »wirklichkeitsfremd« und »verklärt«, aber »dennoch« – oder vielleicht deswegen – konnte sie »geschichtsgestaltende Kraft erlangen«.

Wie diese Kraft wirkt, ist bereits deutlich geworden: Sie gestaltet Geschichte, um von ihr zu befreien. Ihre fixe Idee ist die Erlösung des materiellen Lebens mit seinen Interessenkonflikten in Fiktionen, die am Ende, »vielzitiert«, zu Klischees werden, die also der Realität nicht mehr entgegenstehen, sondern sie bereits ersetzt haben. Und dann ist es völlig egal geworden, ob man »Sozialpartnerschaft« sagt oder »Kaiserschmarrn«. Dies ist einer »Informationsschrift« der Handelskammer über die Sozialpartnerschaft zu entnehmen: »Was für den einen Wienerwalzer, Lipizzaner oder Kaiserschmarrn, das ist für den anderen die Sozialpartnerschaft: ein österreichisches Spezifikum. Unverwechselbar, unvollkommen, unübertragbar, ständig in Frage gestellt und dennoch nie ernstlich bedroht – mit einem Wort ein Spiegelbild der klischeehaften Spezies Österreicher.« Das ist, obwohl es in einer »Informationsschrift« der Handelskammer steht, allerdings auch nicht ganz wahr. Denn die Sozialpartnerschaft mag ständig in Frage gestellt, aber dennoch nie ernstlich bedroht sein – bei den Lipizzanern, regelmäßig von rätselhaften Krankheiten bedroht, verhält es sich allerdings genau umgekehrt.

8.

Österreich ist eine Nation, aber keine Heimat. Zu diesem eigentümlichen Befund gelangt man, wenn man die Untersuchungen österreichischer Meinungsforscher und Zeithistoriker studiert, die sich mit der österreichischen Identität auseinandersetzen. Denn einerseits stimmen bei jüngsten Meinungsumfragen bereits 94% der Österreicher dem Satz zu, daß Österreich eine Nation sei, bzw. sich als Nation zu fühlen beginne, andererseits erweist sich dieses extrem stark scheinende Nationalgefühl als völlig wirkungslos in Hinblick auf kollektive Identitätsbildung etwa in dem Sinn, daß Heimat- und Zugehörigkeitsgefühle zu politischen, gesellschaftlichen und kulturellen Einheiten in irgendeiner Form mit dem Nationalgefühl vermittelt wären. Die radikale Spaltung von Nationalgefühl und Heimatgefühl führt etwa zu solch eigentümlichen Widersprüchen, daß, ebenfalls laut Meinungsforschung, 34% der Befragten die Aussage unterstützten: »Der Anschluß (1938) brachte endlich wieder die natürliche Verbindung mit dem deutschen Volk.« Gar 45% wollten einen neuen »Anschluß« in der Zukunft nicht ausschließen.

Diese Widersprüche haben sicherlich damit zu tun, daß das österreichische Nationalgefühl kein über längere Zeit historisch gewachsenes ist, sondern, wie wir bereits gesehen haben, erst sehr spät und dann sehr forciert durchgesetzt wurde. Es ist daher extrem arm an konkreten und eindeutig bewußten inhaltlichen Bestimmungen: Die beiden einzigen sind wesentlich der Staatsvertrags- und der Neutralitätsmythos, die ja die einzigen integrativen und identitätsstiftenden Erfolgserlebnisse von vier Generationen von Österreichern sind (Ernst Bruckmüller). Das österreichische Nationalgefühl ist daher gewissermaßen ein Kräfteparallelogramm ohne Resultante: Denn es ist keine reale Verwirklichung der Konsequenzen seiner inneren Widersprüche unmittelbar möglich, ohne daß das Ganze implodierte. Dies mag man bewerten, wie man will. In einer Zeit vielschichtig und komplex und letztlich gemeingefährlich aufbrechender Nationalismen scheint das so dürftig ausgestattete und immobile österreichische Nationalgefühl sogar etwas geradezu Heimeliges zu haben.

Tatsache aber ist, daß »nationaler Mythos ja nicht nur grausliche nationale Überheblichkeiten vermittelt, sondern auch Identität und Geborgenheit. Ob aus dem Fehlen der letzteren (wie in Österreich) automatisch Weltbürgerlichkeit entsteht, darf bezweifelt werden« (Bruckmüller). Die aufbrechende Fremdenfeindlichkeit etwa spricht da eine klare Sprache.

Aus der überwältigenden Zustimmung zur »Nation Österreich« muß man schließen, daß es ein starkes österreichisches Nationalgefühl zweifellos gibt – allerdings, wie die Meinungsforschung im übrigen zeigt, ohne all die realen Konsequenzen, die ein entwickeltes, positiv besetztes Nationalgefühl gemeinhin hat: Es ist offenbar historisch zu jung, inhaltlich zu dürftig, insgesamt zu abstrakt, als daß es Identität, Geborgenheit, Heimatgefühl vermitteln und verwurzeln hätte können. Die Meinungsumfragen zeigen daher auch, daß, außer der abstrakten Angabe der eigenen Nationalität, keiner verbindlich zu sagen weiß, was Heimat ist.

Symptomatisch sind gewiß auch die zahllosen »Heimat-Symposien«, die in den letzten Jahren in Österreich veranstaltet wurden: Es hätte sie sicherlich nicht gegeben, wenn »Heimat« für die Österreicher ein selbstverständlicher identitätsstiftender Faktor wäre.

Ein Grund für die österreichische »Heimatlosigkeit« im begrifflichen Sinn ist wohl auch, daß nach dem Krieg alles wieder aufgebaut wurde, was von den Alliierten zerstört und besetzt worden war – aber es wurde nicht wiederaufgebaut, was von den Nazis besetzt und zerstört worden war. Aus diesem Grund konnten Burgtheater und Oper, die Fabriken, das Straßen- und Eisenbahnnetz, kurz gesagt: die Infrastruktur des Landes, bald wieder in Betrieb genommen werden, aber nicht das Heimatgefühl in diesem Land, nicht der Heimat-Begriff. Damit kein Mißverständnis aufkommt: Nicht daß der Heimat-Begriff belastet war, war zunächst das zentrale Problem, er hätte sonst ja niemals in die neue österreichische Bundeshymne Eingang finden können, das Problem war vielmehr, daß der Heimat-Begriff für die politische Pragmatik der jungen Republik, sowohl außen- als auch innenpolitisch, unbrauchbar, ja gefährlich war: Man wollte die staatliche Unabhängigkeit erringen, und der Heimat-Begriff hätte, so wie er konnotiert war, regionale Identitäten gefördert, die politisch auf jenen größeren Zusammenhang verwiesen hätten, von dem diese Generation zähneknirschend, aber glücklich befreit worden ist. Am Beispiel Kärnten, wo nach dem Krieg doch auf dem Heimat-Begriff insistiert worden ist und der sogenannte *Heimatdienst* bis heute eine einflußreiche Rolle spielt, kann man dies leicht erkennen.

Nun ist es aber in der Regel sicherlich auch so, daß regionale Identitäten, Heimatgefühl und positive Zustimmung zu Heimat nicht unbedingt von offizieller ideologischer Propagierung des Heimat-Begriffs abhängig sind. In Österreich kam es allerdings in der Folge zu einer Entwicklung, die auch die genuine, selbstverständliche, gewissermaßen »automatische« Entfaltung von Heimatgefühlen zerstörte. Der mit Hilfe des Marshall-Plans bald einsetzende Wirtschaftsaufschwung, der Österreich sehr schnell von einem Agrar- zu einem Industriestaat transformierte, führte zu Formen des Selbstgefühls und der Selbsteinschätzung, die auf die tradierten, gewissermaßen »ländlichen« Identitätsmuster weitgehend verzichten konnten – und wollten: Denn in den kleinen, überschaubaren, regionalen ländlichen und dörflichen Einheiten, dort also, wo »Heimat« unmittelbar erlebbar wäre und sich entsprechende Gefühle unter Umständen sinnhaft entfalten können, dort aber auch, wo jeder jeden kannte und um seine kleinere oder größere Beteiligung an den Nazi-Verbrechen wußte, war man in der Mühsal des Verdrängens und im notwendigen Identitätswechsel verstrickt, was selbstbewußte und ungebrochen offene Repräsentation gewachsener Identitäten natürlich weitgehend verunmöglichte.

Aber es blieb nicht nur dabei, daß »Heimat« tabuisiert wurde: sie wurde real den Menschen ein zweites Mal genommen, besetzt und zerstört: durch deren Vermarktung als Wirtschaftsfaktor. Der Tourismus brachte zwar ökonomischen Wohlstand auch in nichtindustrialisierte Regionen, zerstörte aber vollends die Identität der dort lebenden Menschen.

Über ihre Jugend in Tirol berichtete Marie-Thérèse Kerschbaumer: »Es herrschte Reservat-Atmosphäre, aufbereitet für heimlich gehaßte, in ihren weiblichen Teilnehmern aus Rache erniedrigte Touristen aus dem westlichen (ehemals gegnerischen) Ausland. In dieser Rankūne-Küche der Landschaftsverödung und des schwitzenden Fremdenhasses, der sich die saisonweise Besetzung durch das Ausland teuer abgelten läßt, bekam das Ausland zum Dank das gebuchte Österreich zu Gesicht, ein von der russischen Besatzungsmacht befreites, dankbares, unterwürfiges, geldgieriges Operetten- und Biskuit-Museum.«

Die hier beschriebene Realität ist nicht nur beschämend, sie ist, wenn man nur wenige Jahre zurückdenkt, zugleich auch überraschend: Denn noch in der Ersten Republik – obwohl sie so arm an wirtschaftlichen Ressourcen war, daß es naheliegend gewesen wäre, wenn sie jede sich bietende Möglichkeit zum ökonomischen Überleben bedingungslos genützt hätte – wurde der Idee, den Fremdenverkehr in Österreich als Wirtschaftsfaktor zu forcieren, eine klare Absage erteilt: Im Juli 1928 erklärte etwa der damalige Kanzler Ignaz Seipel, daß es überhaupt nicht in Frage komme, davon leben zu wollen, daß man Österreich »gegen Entree den Fremden zeigt«. Diese erniedrigende Erwerbsquelle lasse sich mit dem historisch begründeten Stolz und dem Selbstgefühl der Österreicher nicht vereinbaren.

Und noch im Mai 1933, dem letzten Jahr der Ersten Republik, als die Deutsche Reichsregierung die berühmte 1000-Mark-Sperre für Reisende nach Österreich verhängte, um Österreich ökonomisch zu schwächen, gab es von österreichischer Seite keine wie immer gearteten Versuche, den Fremdenverkehr in Österreich »zu retten«, etwa durch Zugeständnisse an das Deutsche Reich mit dem Ziel, daß die 1000-Mark-Sperre wieder aufgehoben werde. Im Gegenteil. Im darauffolgenden Juni wurde die NSDAP, und übrigens gleichzeitig der »Steirische Heimatschutz«, in Österreich verboten.

Kurz nach dem »Anschluß« aber erschien ein Buch des österreichischen deutschnationalen Erfolgsautors Bruno Brehm, das in diesem Zusammenhang in mehrfacher Hinsicht interessant ist: Dieses Buch, mit dem Titel *Glückliches Österreich*, sollte eine »Bestandsaufnahme« sein, welche Vorzüge die nunmehrige »Ostmark in das Deutsche Reich einbringt«. Es seien dies, so Brehm, wesentlich zwei: die Schönheit von Natur und Landschaft, die dieses Land zum Erholungsraum prädestiniere, und der historisch ererbte kulturelle Besitz, der nicht nur eine geistige, sondern auch eine machtvolle wirtschaftliche Ressource darstelle. Hier zeigt sich Brehms Buch als erste umfassende Vorformulierung jenes »glücklichen« Selbstverständnisses, das wir, von nationalsozialistischen ideologischen Schnörkeln und Ornamenten befreit, in der Zweiten Republik wiederfinden: die Selbstdefinition Österreichs als Naturreservat und Museum.

Das Buch *Glückliches Österreich* enthielt auch einen umfassenden Foto-Teil, der Brehms These und Beschreibungen illustrieren und belegen sollte. Diese fotografischen Abbildungen der landschaftlichen und kulturellen Schönheiten Österreichs sind, mit einer einzigen Ausnahme, durchwegs menschenleer, wodurch sich ein gespenstisch-kulissenhafter Eindruck von Österreich ergibt. Zur Selbstdarstellung Österreichs als Welt ohne Menschen kam es gleich nach der Befreiung vom Nazi-Regime ein zweites Mal: Im Juli 1945 wurde im Wiener Rathaus unter dem Ehrenschutz vom Bürgermeister und späteren Bundespräsidenten Theodor Körner eine Fotoschau »Unser Österreich« gezeigt: Wieder eine »heile«, menschenleere Welt, die nur aus Natur- und Kunstschönheiten zu bestehen scheint. Vergleicht man den Katalog dieser Ausstellung mit dem Bildteil von Bruno Brehms Buch, dann kann man feststellen, daß beinahe das gesamte Fotomaterial Brehms für die Rathaus-Ausstellung, die eine ehrgeizige Nachkriegs-Selbstdarstellung des »Neuen Österreich« sein sollte, verwendet wurde. Mit einer markanten Ausnahme: Es fehlte natürlich das Bild »Hitlerjugend marschiert in Linz«, das Brehms menschenleeren Fototeil so menschenreich wie doch auch entmenscht abschloß.

Bruno Brehms Buch enthielt weiters einen Plan Österreichs, aufklappbar auf jene Weise, die später zum Markenzeichen der *Playboy*-Pin-ups wurde. In diesem Plan waren nicht nur alle Städte und Verkehrswege Österreichs eingezeichnet, sondern, in perspektivischer Darstellung graphisch hervorgehoben, auch die wichtigsten »Sehenswürdigkeiten«, die mitsammen ein dichtes Netz auf der geographischen Fläche Österreichs bilden. Dieser Plan wurde später, zunächst weitgehend unverändert (»Braunau. Führers Geburtshaus« wurde natürlich getilgt), schließlich allmählich modernisiert, von der Fremdenverkehrswerbung des neuen Österreich in Prospekten und Werbematerialien reproduziert und weiterverwendet.

Dies sind nur einige Indizien, aber es gibt zahllose, die zeigen, daß das Glück des glücklichen Österreich, das im wesentlichen in radikaler Hingabe zur Touristenbeglückung besteht, Produkt der Selbstaufgabe Österreichs ist, wie sie 1938 Wirklichkeit geworden war und die später zu Lebensstil und Erwerbsquelle ausgebaut wurde. 1938 war es zu einer historisch qualitativ neuen Funktionsbestimmung Österreichs gekommen: Die wichtigen Entscheidungen werden woanders getroffen, Österreich wird zu Erholungsgebiet und Museum mit einigen eingesprengten Inseln ausgelagerter deutscher Industrie.

Der Sieg der Alliierten 1945 über den Nationalsozialismus war nicht dazu angetan, das österreichische Selbstbewußtsein wieder zu heben. Im Gegenteil. Es herrschte Ressentiment, gegen die »Piefke« ebenso wie gegen die »Besetzer«, Ressentiment, das sich aber duckte, das schwieg, es herrschte eine »Politikverdrossenheit«, die verdrossen akzeptieren mußte, daß alle relevanten Entscheidungen nun wieder und erst recht anderswo in der Welt fallen, es herrschte Angst davor, was alles an eigener Beteiligung an den Nazi-Verbrechen aufkommen konnte, man flüchtete in ideologischen Transvestismus, Kulissenschieberei, in das folkloristische Theater vom Volk der Wirte und Gastgeber. Die Nachkriegszeit erwies sich als der Feinschliff jener Lehre, die Österreich 1938 begonnen hatte und die es zum hypertrophierten flächendeckenden Massentourismus befähigen sollte.

Der Wirt in Gerhard Fritschs Roman *Fasching* heißt Warhejtl, ein schweigsamer Mann, der während des Krieges Ortsgruppenleiter gewesen war.

Der Massentourismus, für den die Zweite Republik als wichtigen Wirtschaftsfaktor optierte – in Hans Leberts Roman *Der Feuerkreis*, der 1947 spielt, hört man die entsprechende Propaganda regelmäßig im Radio –, erweist sich als die Umsetzung der Erfahrung, die Österreich mit den »Gästen« zunächst aus dem »Altreich« und dann aus den Siegermächten machte, als Fortsetzung einer erwiesenermaßen hin- und herwendbaren Selbstaufgabe, auf der Basis eines von den Nazis nicht nur zerstörten Heimat-Begriffs, sondern auch einer fortgesetzten profitablen Transformation von Heimat in ein Ensemble von Kulissen, die menschenleer sind, wenn keine Fremden davor herumstehen. Das vor dem »Anschluß« als »Künstlersommerfrische« berühmte Altaussee, um nur ein Beispiel zu nennen, zeigt sich dem heutigen Besucher außerhalb der »Saison« als solch kulissenhafter, toter, menschenleerer Geisterort, wie es in den Fotografien von Bruno Brehms Buch *Glückliches Österreich* vorweggenommen ist. Hier, vor dem verschlossenen »Cafe Jedermann« – unter dem Schriftzug ein karikaturhaftes Porträt von Klaus Maria Brandauer –, kann sich heute kein Einheimischer mehr heimisch fühlen. »Wir erwarten unsere Gäste wieder ab dem soundsovielten«, dem Beginn der neuen »Vorsaison«. Mit »Jedermann« ist wohl der prototypische Gast, mit »Brandauer«, einem international anerkannten Schauspieler, der prototypische Nationalheld bezeichnet.

Nation ohne Heimat.

Es ist gewiß kein Zufall, daß in Österreich mit der sogenannten »Anti-Heimat-Literatur« eine im internationalen Vergleich völlig eigenständige, neue literarische Gattung entstanden ist: Österreich ist die Anti-

Heimat par excellence. Aber die Anti-Heimat-Literatur ist nicht nur eine eigenständige österreichische Gattung, sie ist vor allem auch die wichtigste, die dominante Form der Literatur in der Zweiten Republik: Die Autoren, die diese Form herausgebildet und weiterentwickelt haben, ergeben mitsammen ein beinahe vollständiges Who's who der modernen österreichischen Literatur: Hans Lebert, Gerhard Fritsch, Peter Handke, Thomas Bernhard, Gert Jonke, Alfred Kolleritsch, Alois Brandstetter, Gernot Wolfgruber, Max Maetz, Peter Turrini, Elfriede Jelinek, Marie-Thérèse Kerschbaumer, Wilhelm Pevny, Michael Scharang, Franz Innerhofer, Klaus Hoffer, Josef Winkler, Marianne Gruber, Norbert Gstrein, um nur einige zu nennen. (Daß die Anti-Heimat-Literatur eine eigenständig österreichische, in anderen Ländern inexistente Gattung darstellt, ist von der internationalen Germanistik übrigens neidlos anerkannt). Nichts wurde in Österreich nach 1945 bis heute so umfassend, so vielfältig in so großer Bandbreite, so genau im Detail, so konsequent, so formal innovativ beschrieben wie das ländliche und dörfliche Leben, das Regionale, »die Wirklichkeit dessen, was man in den Großstädten abschätzig ›das flache Land‹ oder ›die Provinz‹ nennt« (Herbert Zand in seinem Aufsatz *Heimatkunde*), deren verlogenen Idyllen, mörderischen Klischees, die Zerstörung der »Heimat« und die dadurch zerstörten Menschen. Realistische Beschreibungen des dörflichen und ländlichen Lebens in bestimmten Regionen, abseits trivialer

Klischees und verlogener Idyllen, gibt es natürlich auch in der Weltliteratur – allerdings mit dem Unterschied, daß diese Literatur ein nicht nur realistisches, sondern am Ende auch wesentlich ein positives Bild der beschriebenen Heimat evoziert. In der österreichischen Literatur ist es aber so, daß jede Destruktion von Klischees und Idyllen sofort zur völligen Destruktion jeglichen positiv besetzten Heimatgefühls führt: Werden die Kulissen der Heimat, weil man in ihnen nicht zu Hause sein kann, zerstört, dann ist überhaupt nichts mehr da, worin man sich heimisch fühlen könnte.

Wo ist der große Stadtroman nach Doderer? Der zeitgenössische Wien-Roman, der Graz-, Klagenfurt- oder zumindest Bludenz-Roman? Es gibt ihn nicht. Das Beste, das die Literatur der Zweiten Republik hervorgebracht hat, beschäftigt sich mit dem Desaster der Provinz, auf eine Weise, daß wir über den Entwicklungsbogen von der Nazi-Zeit bis zum zerstörerischen Massentourismus der heutigen Tage von dieser Literatur anschaulicher informiert werden, als es der dürren Abstraktheit soziologischer Untersuchungen möglich ist.

Zunächst, gewissermaßen in der Phase der Konstituierung dieser Gattung, erschienen Romane, die sich bei der Beschreibung des Dorf- und Landlebens auf die nationalsozialistische Vergangenheit rückbeziehen, damals begangene Verbrechen aufdecken, personelle und mentale Kontinuitäten und die mörderische Komplizenschaft der Dorfbewohner thematisieren, wie etwa *Die Wolfshaut* (1960) von Hans Lebert oder *Fasching* (1967) von Gerhard Fritsch.

In der Folge wurde von jüngeren Autoren, die die Nazi-Zeit selbst nicht mehr erlebt hatten, das Brutale, Verstockte und zugleich wieder Selbstgewisse des Alltagsfaschismus in der Provinz beschrieben, nun ohne Rückbeziehung auf die Zeit des Nationalsozialismus und auf damals begangene Verbrechen, aber durchaus so, daß die strukturelle Kontinuität im beschriebenen Alltag deutlich wird, etwa bei Franz Innerhofer (*Schöne Tage*, 1974), Werner Kofler (*Guggile – Vom Bravsein und vom Schweinigeln. Eine Materialsammlung aus der Provinz*, 1975), Gernot Wolfgruber (*Niemandsland*, 1978).

Schließlich wurde das grotesk Verlogene und Desaströse des Fremdenverkehrs und der an die Touristen ausverkauften Heimat zum Thema der österreichischen Literatur, in der *Katzenmusik* (1974) von Gerhard Fritsch noch mit expliziten Verweisen auf die mentalen Kontinuitäten aus der Nazi-Zeit, Kontinuitäten, die sich in der Erzählung *Einer* (1988) von Norbert Gstrein implizit, in Denken und Handeln der »Dorf-Helden« bereits vollends verinnerlicht zeigen. Die »mir sein mir«-Dorfgemeinschaft Gstreins erinnert an das Wirtshausgespräch der beiden Kriegsverbrecher Habergeier und Rotschädel in Leberts *Wolfshaut*: »›Wir bleiben wir!‹ sagte Habergeier, nachdem er einen Zug getan und einen Schluck genommen hatte. ›Wir bleiben wir‹, sagte Rotschädel, wie es schien, unter unwiderstehlichem Zwang, dem Jäger nachzusprechen. ›Wir bleiben die alten!‹ bekräftigte dieser und nahm einen weiteren Schluck. ›Die alten!‹ sagte Rotschädel. ›Was auch immer kommen mag.‹ «

Was gekommen ist, ist bekannt. Und das in der *Wolfshaut* gegebene Versprechen, nämlich zu bleiben, was sie sind, zeigt sich in *Einer* eingelöst: Sie sind, was sie blieben: Menschen, die jederzeit bereit sind, sich zu ducken, zu schweigen, etwas vorzuspielen, devot zu dienen, bis sich die aufgestaute Aggression an wehrlosen Opfern entlädt, immer in dieser eigentümlichen, von geschichtlicher Erfahrung gesättigten Sicherheit, ungestraft davonzukommen.

Auch die in Innerhofers *Schöne Tage* geradezu archetypisch beschriebenen »Knecht«- und »Leibeigenen«-Tätigkeiten und -Handgriffe lassen sich bei Gstrein wiederfinden, nur werden jetzt eben nicht mehr Milchkannen geschleppt, sondern Tabletts mit Tellern und Gläsern, und es werden nicht mehr Kühe auf die Weide getrieben, sondern die Touristen auf die Schipisten – aber in überraschend homologen Formulierungen, auf die gleiche schwitzend-stumm-aggressiv-angsterfüllt-devote Weise. Und so wie Innerhofers Holl in ohnmächtiger Wut und Aggression manchmal Kälber so halsbrecherisch über die Weide treibt, daß sie Abhänge hinunterstürzen, so tut es auch Gstreins Jakob – als Schilehrer mit seinen Schülern. Natürlich muß da einer, der sagt, daß es »für die unmittelbare Gegenwart kein Bewußtsein (gebe), und das Bewußtsein für die Vergangenheit oft ein falsches (sei), das sich immer und immer wieder selbst betrügt, bis es da ist, wo man es haben will«, natürlich muß der abgeholt und weggebracht werden – zumal wenn die ideologischen Tröstungsprogramme nicht funktionieren: »Komm, warum er sich aufrege, wir sind doch alle deutsch.« Was Gstrein an dieser Stelle so lakonisch erzählt, erinnert an die Figur des Hindler in Leberts Roman *Der Feuerkreis*. Hindler, ein ehemaliger Nazi, bezeichnet sich selbst, im Jahr 1947, einmal als »Österreicher«, dann wieder als »reinsten Deutschen«, ein Widerspruch, den er keineswegs dramatisch empfindet. Er habe, sagt er, einen *österreichischen Paß*. Er spekuliert mit dem Gedanken, die Villa, in der Hilde, seine Geliebte, lebt, zu einem Hotel auszubauen: denn wenn das Tourismus-Förderungsprogramm funktioniere, würden massenweise Fremde kommen, das wäre ein gutes Geschäft, und dann würde man sich natürlich hier wieder mit den Deutschen verbrüdern. (»Fast auf der ganzen Welt hatten die deutschen Kriegshelden Lachverbot, nur bei uns nicht, bei uns durften sie lachen und reden«, heißt es später bei Franz Innerhofer).

Und langfristig sei die Frage, ob Österreicher oder Deutscher, so Hindler, überhaupt hinfällig, »denn eines Tages wird eine europäische Vereinigung erfolgen und auf diese Weise Österreich an Deutschland wieder angeschlossen werden.«

Die Entwicklung Hans Leberts von seinem ersten zu seinem zweiten Roman ist in diesem Zusammenhang besonders interessant: denn Lebert kommt, wie kaum ein anderer Autor, von der Beschreibung des Regionalen schließlich zu einem universalen Bild der Verfaßtheit des heutigen Österreichs insgesamt.

Schon in seinem ersten Roman *Die Wolfshaut* hatte sich Lebert mit der Kontinuität vom Nationalsozialismus in die Zweite Republik beschäftigt. In diesem Buch geht es um ein Verbrechen, das gegen Ende der Nazi-Zeit in einem Dorf begangen wurde und zu Beginn der fünfziger Jahre, der Handlungszeit des Romans, aufgedeckt wird, wodurch die Dorfgemeinschaft schließlich als Bande faschistischer Verbrecher und Mitwisser erscheint.

Bei allen – viel gewürdigten und untersuchten – Qualitäten dieses überaus erfolgreichen Romans: er konnte nicht zuletzt deshalb so große Zustimmung erhalten, weil er anspielungsreich und zugleich akribisch letztlich einen Einzelfall schildert, noch dazu einen solchen, der, obwohl ähnliche Verbrechen da und dort bekannt waren, eindeutig fiktional ist. Das Dorf hat den sprechenden Namen »Schweigen«, die Hauptfigur, die die Verbrechen aufdeckt, heißt »Unfreund« etc., eine Technik, die, auch wenn es anders gemeint war, eben nicht den exemplarischen, sondern wesentlich den fiktionalen Charakter des Beschriebenen verstärkt. Das heißt, wir haben es hier mit einer Literatur zu tun, der jeder Leser zustimmen konnte, auch wenn er mit der Verfaßtheit der Zweiten Republik prinzipiell einverstanden war, und erst recht, wenn er dennoch einen kritischen, zumindest abstrakt »antifaschistischen« Gestus aufrechterhalten wollte. (Die Orgien betulich-zustimmender »Analysen«, die dies bei der Germanistik evoziert hat, wäre ein eigenes Kapitel wert: So lesen wir zum Beispiel mit angehaltenem Atem in einer literaturwissenschaftlichen Arbeit: »Der Name ›Unfreund‹ dürfte symbolische Bedeutung haben. Zu denken wäre etwa an ›Un-Freund‹ = ›Nicht-Freund‹ = Feind der Dorfbewohner.« Etwa.)

Dazu kam, daß Lebert Techniken des Kriminalromans verwendete, aber dabei die trivialisierenden Konsequenzen, die diese Techniken nahelegen, vermied. Dadurch wird die Lektüre spannend, und wenn die Spannung nachläßt, dann liegt dies eben am »Niveau«. Noch dazu erschien dieser Roman in einer Zeit, da fast alle Literaturkritiker wesentlich an einer Literatur ausgebildet waren, bei der das Wetter stets zum Gang der Handlung paßt, und sie alle wurden auch diesbezüglich glänzend von der *Wolfshaut* bestätigt. Dies alles führte dazu, daß Lebert als bloßer Fiktionalist mißverstanden und gepriesen wurde, der eine schockierende Geschichte, die durchaus etwas Wahres hat, die aber nicht unbedingt als paradigmatische Geschichte gelten mußte, spannend und geradezu »klassisch« erzählen konnte. Wer dies glaubte, also fast alle, wurde nach Lektüre seines zweiten Romans gehörig überrascht. Mit dem *Feuerkreis* wurde deutlich, daß es Lebert nicht um Einzelfälle ging, nicht bloß darum, irgendwelche schockierenden Ereignisse gelungen zu erzählen, sondern um das Ganze. Nicht um irgendein Verbrechen in irgendeinem Dorf, sondern um Verfaßtheit und Konstitution der »Heimat« Österreich, der Zweiten Republik insgesamt, um ihre wirkliche Verdichtung.

Der *Feuerkreis* kennt keine traditionellen Hauptfiguren mehr, denen durch Namensgebung oder gewisse plakative Attribute irgendeine Prototypik zuzuschreiben versucht wird, der sich der Leser, jeder ein Individuum, das darauf Wert legt, eines zu sein, selbst gleich wieder entziehen kann. Der Roman kennt im Grunde nur eine Hauptfigur, gewissermaßen die Totalität aller in diesem Land lebenden Menschen: den Staat Österreich, die nach dem Krieg wiedergegründete Republik.

Dieses Österreich, als Hauptfigur des Romans, wird anthropomorphisiert dargestellt in den Gestalten eines Mannes und einer Frau, eine Aufspaltung, die auf Verschmelzen, also auf Identität hinauswill. Er, Captain Jerschek, war während der Nazi-Zeit in der englischen Emigration und ist mit der British Army als Befreier zurückgekommen. Sie, Hilde, war während der Nazi-Zeit BDM-Führerin und KZ-Wärterin, als solche hat sie auch Morde begangen.

Da sie beide für Österreich stehen, für die beiden Seiten, die dieses Land gezeigt hat, sind sie natürlich Geschwister. Da sie, der Widerstandskämpfer und die Nationalsozialistin, aber so verschieden sind, sind sie natürlich Halbgeschwister. Jerschek liebt Hilde, nicht weil er einfach seine Schwester liebt, so wie Absolventen glücklicher Kinderstuben selbstverständlich jedes

Mitglied ihrer Familie lieben – nein: er liebt sie, die für die dunklen Seiten Österreichs, seiner Herkunft, steht, weil er dieses Land so sehr liebt, mit allen sinnlich-erotischen Implikationen des Patriotismus und der Heimat-Liebe, daß er es immerhin unter Einsatz seines Lebens befreien wollte. Es ist unmöglich, zu befreien und das Befreite zu hassen. Er muß sie also lieben, ihre Liebe und ihre Läuterung erringen.

Und Hilde liebt Jerschek, nicht weil sie einfach ihrem Halbbruder in geschwisterlicher Zuneigung zugetan ist, im Gegenteil, sie muß ihn aufgrund ihrer ideologischen Prädispositionen ja als »Verräter«, »Schwein«, als »Fahnenflüchtling« sehen, dessen Rückkehr noch dazu einige Komplikationen in Hinblick auf die familiären Eigentumsverhältnisse nach sich zieht, – sie liebt ihn, weil sie, ebenfalls aufgrund ihrer ideologischen Prädispositionen, die Sieger liebt, die Helden, aber auch, weil sie nach allem, was geschehen ist, letztlich die Sehnsucht nach einer Rückkehr in ihre Kindheit und Jugend hat, nach einer Unschuld, in der das erotisch aufgeladene Abwehr- und Konkurrenzverhältnis zum Halbbruder einen Sündenfall darstellt, der im Vergleich zu dem, was danach kam, nun bewältigbar erscheint. Hier spielen natürlich die bekannten Referenzen Nachkriegsösterreichs an die Erste Republik hinein. Die beiden lieben also einander, wobei die Ambivalenzen dieser Beziehung noch verschärft werden durch die Tatsache, daß Hilde bereits ein Verhältnis hat, nämlich mit dem Kriegsverbrecher und Obernazi

Hindler (»Eine Mischung aus Hitler und Himmler«), und daß sie die emotionale und ideologische Rückendeckung der Dorfbewohner und der in der Umgebung lebenden Bauern hat (»Wir sind hier alle Nazi!« »Alle?« »Alle!«). Daß Jerscheks Rückhalt die englische Armee ist, verschärft natürlich dieses Ungleichgewicht nur, statt es auszugleichen.

Mit der Zeit aber wird klar, daß es Erlösung von dieser zerreißenden Spannung des Inzest-Wunsches nur geben kann, wenn diese Liebe sich realisiert, wenn der Befreier und die Schuldige eins werden, ja mehr noch, daß ein Überleben dieser Liebe, dieser Liebenden, dieses Landes, für das dieses Verhältnis steht, nur möglich sein kann, wenn der Unschuldige die Schuld der Schuldig-Gewordenen auf sich nimmt, dadurch also den Abgrund, der sie trennt, überbrückt, beziehungsweise wenn die Schuldige als Schuldige verschwindet, in einem wahren Purgatorium, zu dem es am Höhepunkt dieses Romans auch kommt, in jenem Haus, das so prädestiniert für den Umbau in ein Fremdenverkehrs-Hotel schien.

In einem *Presse*-Interview nach Erscheinen dieses Romans sagte Hans Lebert: »Das ist alles sehr symbolträchtig. Man kann es schwer erzählen.« Wir haben schon am Beispiel von Fritschs *Katzenmusik* gesehen, daß das Erzählen als Komposition und Verdichtung von Symbolen die genuine literarische Antwort auf den Symbolismus der österreichischen Realität darstellt. Aber so wie bei Fritschs *Fasching* und *Katzenmusik* wurde auch bei Lebert die künstlerische Leistung, ein so kühnes wie stimmiges Universal-Symbol für Österreich gefunden und mit all seinen komplexen Implikationen gültig dargestellt zu haben, nicht anerkannt und bedankt.

Dieses Buch widerspricht in einem zentralen Punkt der offiziellen Selbstdarstellung Österreichs, die so glückliches Gemeingut geworden ist, radikal: Es zeigt die Wahrheit der Opfer-Täter-Dialektik Österreichs und die wahre Qualität der österreichischen Befreiung: Die Majorität des österreichischen Volkes ist schuldig geworden, und nur eine kleine Minorität hat zur Befreiung dieses Landes beigetragen, eine Minorität, die, damit dieses befreite Land leben kann, auch noch die Schuld der Schuldigen auf sich nehmen, daher selbst schuldig werden mußte – durch ihre »Ver-Brüderung« (im Sinne der Bedeutung des »Bruders« im *Feuerkreis*), durch ihre »inzestuöse« Liebe zu ihren »Verwandten«, ihrer Verschwisterung mit den Schuldigen, und nicht zuletzt dadurch, daß sie in ihrer eigentümlichen Liebe ein Purgatorium inszeniert haben, an dessen Ende nicht nur alle schuldig, sondern bekanntlich alle eben auch Opfer waren.

Sind sie tot? Nein, sie leben. Der Roman endet damit, daß Jerschek nach Jahren zu dem Ort der Ereignisse zurückkehrt und dort auf ein junges Mädchen trifft, das er, phantasierend, für Hildes Tochter hält. Um den Hals trägt sie ein kleines Kreuz, nicht aus Gold, sondern aus Stahl, offenbar herausgestanzt aus einer

Nazi-Erkennungsmarke; Jerschek will es genauer sehen, sie nimmt es ab, zeigt es ihm in ihrer flachen Hand, und Jerschek sieht: das Mädchen hat die gleiche Lebenslinie wie Hilde, eine, die plötzlich unterbrochen ist und sich dann dennoch kräftig fortsetzt:

»Ich hab' das Kreuz von meiner Mutter«, sagt das Mädchen.

»Ist sie tot?«, fragt Jerschek.

»Nein«, sagt das Mädchen, »warum soll sie tot sein. Sie lebt.«

Das Mädchen heißt übrigens Veronika, die »Siegbringerin«, und ihre wundervolle Unschuld, die sie in den Augen Jerscheks offenbar hat, kann nur ermessen, wer die Dialektik der Kollektivschuld, die gerade durch Jerschek in diesem Roman deutlich geworden ist, akzeptiert.

Daß »sie« lebt, irgendeine Hilde, die mitgemacht hatte, die ihre Nazi-Uniform in ein Steirer-Kostüm umarbeiten hatte lassen und ihre Nazi-Erkennungsmarke ihrem Kind als kleines Kreuz um den Hals hängt – der Befreier Jerschek empfindet dies als »Freispruch«.

Es gibt nur eine Unschuld: den Tod. Und nur einen Freispruch: den durch das Leben. In einer atemberaubend dichten Passage im Finale des Romans beschreibt Lebert, wie Hilde ihren Geliebten Hindler »mit Worten tötet«, indem sie ihm seine begangenen Verbrechen an den Kopf wirft, sie zugleich auf sich nimmt und mit den Worten endet: Jetzt könne er gehen und tun, was er wolle, »mach, wie du vorhast, in Fremdenverkehr und in Demokratie und Humanität. Uns ist es gleich. Wir haben dich getötet. (...) Du bist tot – verstehst du? Tot! – Ein totes Nichts. Eine tote Null: Ein Unschuldiger.«

So tot oder so unschuldig, je nachdem, wie die Naturschönheiten dieser Heimat, die Berge, die bei Lebert einmal als »Leichenberge« bezeichnet werden und die er dann wieder als bedrückend-beglückend schönes Panorama beschreibt, über das der Patriot Jerschek räsoniert: »Ein Panorama ist noch kein Zuhause.« So tot oder so unschuldig wie die abgeholzten weißen Hänge, von denen »die glücklichen Ski-Heil-Rufe der Wintersportler zu hören sind«.

9.

Im Mai des Jahres 1992 übernahmen österreichische Spitzenpolitiker den Ehrenschutz für ein Treffen der »Kameradschaft IV/ Waffen SS«.

An einem der Tage, an denen die Zeitungen voll waren mit der Diskussion, ob dies womöglich »nicht sehr geschickt« (Bundeskanzler Vranitzky) oder, weniger staatsmännisch formuliert, nicht vielmehr ein Skandal sei, fand in Mauthausen eine Gedenkveranstaltung statt anläßlich des Jahrestages der Befreiung des dortigen Konzentrationslagers. Selbstverständlich hatte kein österreichischer Politiker für diese Veranstaltung, die nur unter »Kurz notiert« in einer Tageszeitung Erwähnung fand, den Ehrenschutz übernommen.

Kurz vor der Befreiung des Konzentrationslagers Mauthausen, in der Nacht zum 2. Februar 1945, hatten ca. fünfhundert Häftlinge einen Ausbruchversuch unternommen. Sie wurden von den Anrainern des KZ, einfachen Menschen, die ihrem Selbstverständnis nach »unpolitisch« waren, verfolgt und fast alle ermordet. Ihrem Selbstverständnis nach »unpolitisch«: Dies ist einzigartig in der Geschichte der Moderne, und vor allem im Vergleich mit ähnlichen Vorkommnissen zur gleichen Zeit in Deutschland, daß diese Menschen also keineswegs »politische Verblendung« in irgendeiner Form als Milderungsgrund für sich geltend machten. Sie beanspruchten für sich das Recht auf eine unmittelbare, sozusagen »reine« Bestialität. Und sie haben auch Recht bekommen: Keiner dieser Menschen wurde nach dem Krieg für diese Morde verurteilt und bestraft. Elisabeth Reichart hat darüber einen Roman geschrieben, *Februarschatten*, der in dem Wörtchen »Vergiß« kulminiert. In dieses »Vergiß«, das bekanntlich das umfangreichste Kapitel der österreichischen Geschichte ist, sind diese Morde an KZ-Häftlingen unter dem Begriff »Mühlviertler Hasenjagd« eingegangen. Hasenjagd. Als im Mai 1992 Kritik am Ehrenschutz österreichischer Politiker für die Waffen SS laut wurde, titelte die *Kronen Zeitung* »HEXENJAGD GEGEN KRIEGSGENERATION«.

Natürlich zeigt sich in solch einer Schlagzeile besonders deutlich jener Mechanismus, demzufolge in Österreich Täter immer nur in Personalunion mit Opfern zu haben sind, zum Beispiel eben in Gestalt der Waffen SS, die bei den Nürnberger Prozessen zwar als kriminelle Organisation eingestuft wurde, in Österreich aber lediglich als pars pro toto für »Kriegsgeneration« gilt. In diesem Begriff »Kriegsgeneration« sind Mitverantwortung und Ohnmacht, begangene Verbrechen und erlittenes Leid in einer Weise verschmolzen, daß jede Kritik an ihr gleich als Diffamierung der Opfer erscheint. Das Infame an der Sprache der *Kronen Zeitung*, die in dieser Frage durchaus als genuiner Ausdruck des österreichischen Selbstverständnisses gelten kann, ist nicht, daß sie die Realität einfach in ihr Gegenteil verkehrt, sondern, daß sie beides für sich beansprucht: die Realität und ihr Gegenteil. In diesem Sinn ist sie so totalitär, wie es das Regime war, von dem sie sich abschottet, weil sie jede inhaltliche Kritik, die man gegen sie vorbringen kann, sofort usurpiert und deren Sprache für sich ausplündert. Erinnert man an die Taten der Waffen SS, dann heißt es, deren Mitglieder seien arme Schweine gewesen – einer der Ehrenschützer sagte »Frontschweine« –, und keiner, der damals nicht dabeigewesen sei, könne sich vorstellen, was sie mitgemacht hätten. Die Doppeldeutigkeit der Worte »Schweine«, »dabeisein«, »mitmachen« ist symptomatisch für diese Sprache.

Die, die diese Sprache haben, dekretieren zwar immer wieder, daß »endlich einmal Schluß« sein müsse, aber jede Kritik am Vergessen und Verdrängen oder an der fortgesetzten Demütigung der Opfer gleitet an ihnen ab, da sie ja auch das Gegenteil für sich beanspruchen: »Seit Jahrzehnten«, schrieb die *Kronen Zeitung*, »treffen sich diese Menschen« (gemeint ist die Waffen SS), »um sich an diese schwere Zeit zu *erinnern*«, um der »Opfer zu *gedenken*« und »die Toten zu *ehren*«. Jede Kritik daran sei eine »Hexenjagd«.

Auch dieser Begriff »Hexenjagd« zeigt noch einmal, wie diese Sprache funktioniert: Er macht nicht nur aus ehemaligen Tätern jetzt Opfer, er verwirrt die Identitäten noch vollends dadurch, daß er Herren, die sich männerbündlerisch treffen, zu Hexen macht, er beansprucht also für Mitkämpfer im faschistischen Krieg geradezu den »weiblichen Namen des Widerstands«.

Der weibliche Name des Widerstands, das ist zugleich und eigentlich der Titel eines Buches der österreichischen Dichterin Marie-Thérèse Kerschbaumer, das sich sprachlich und inhaltlich genau diesen Mechanismen des gesellschaftlichen Diskurses radikal entgegenstemmt und das zugleich als das komplementäre Buch zu Hans Leberts *Feuerkreis* gelesen werden kann. Lebert führte vor, wie es zum Tod der Täter *als Täter* kam und wie durch ihr unschuldiges Fortleben, nun aber gleichsam als Opfer, die gesellschaftliche Realität Österreichs konstituiert wurde. Kerschbaumer erweckt mit ihrem Buch die wirklichen Opfer wieder zum Leben und stellt sie der aktuellen Realität Österreichs entgegen. Und nicht zuletzt ist Kerschbaumers Buch auch die Antwort auf einen Satz, den Hilde in Leberts Roman sagt, nämlich: »Ich empfinde nicht, was ich empfinden müßte, astronomische Zahlen lassen mich kalt.«

In dem Buch *Der weibliche Name des Widerstands* berichtet Marie-Thérèse Kerschbaumer von sieben Frauen, die aus politischen oder rassischen Gründen zu Opfern der Nazi-Herrschaft wurden. Bekanntlich hat diese Herrschaft eine siebenstellige Zahl von Opfern gefordert, und zweifellos hat es die Größe dieser Zahl erleichtert, mit dieser Geschichte zu leben, mit dem Fortwirken dieser Geschichte zu leben. Jede Zahl ist natürlich abstrakt. Aber einfache Zahlen verweisen doch auch auf einzelnes, unter dem man sich Konkretes wieder vorstellen kann. Eine siebenstellige Zahl aber ist, zumal wenn sie Ermordete bezeichnet, in einer Weise abstrakt, daß in ihr nicht nur ausgedrückt ist, wie viele Menschen zu Tode gebracht wurden, sondern auch, daß diesen Menschen nicht nur das Leben, sondern sogar noch ihr Tod genommen wurde.

Vom Leben dieser Menschen ist nichts mehr da, von ihrem Tod nichts mehr vorstellbar als diese Zahl. Es ist eine Zahl, die per se die Gesellschaft heute mehr entlastet, als es die Versuche einiger Spinner können, diese Zahl anzuzweifeln.

Mit ihren sieben Berichten zertrümmert Kerschbaumer die Abstraktheit der siebenstelligen Zahl, ohne den Toten allerdings das einzige zu nehmen, was von ihnen geblieben ist, nämlich diese Zahl, deren Abstraktheit zumindest insofern stimmig ist, als ihr gegenüber jedes Hererzählen eines Einzelschicksals schon wieder bagatellisierend wirkt. Diese sieben Berichte wollen also nicht einfach die unvorstellbare Zahl reduzieren auf eine, unter der wir uns etwas vorstellen können, sondern sie verweisen durchaus auf die unvorstellbare abstrakte Zahl, während sie im einzelnen zeigen, was dies konkret bedeutet hat.

Eine Dichterin, eine Professorin, eine Zigeunerin, eine Nonne, ein Lehrmädchen, eine Lehrerin, eine Arbeiterin – man sieht schon an dieser Aufzählung, daß es Kerschbaumer ebenso wie um die Rekonstruktion des im Abstrakten versteckten Individuellen, auch um gesellschaftlich wieder verallgemeinerbare Typik und Bandbreite ging.

Diesen sieben Frauen gab Marie-Thérèse Kerschbaumer also Namen, Identität, Individualität, Sprache, Gedanken, Gefühle zurück, aber auf eine Weise, die nicht nur Mitleid und Trauer gegenüber einigen Opfern eines vergangenen Terror-Regimes evozieren will: Erstens blieb sie nicht bei einer letztlich ideologischen, weil im Grunde nie wirklich rekonstruierbaren historischen Faktizität stehen, sondern hob sie in die Gegenwart des Schreibens, in die Aktualität der fortwirkenden Geschichte. Zweitens reflektierte sie, trotz radikaler Liebe zum Individuum und seinem Schicksal, dessen *Exemplarik* mit, ohne die gerade das *systematisch* Mörderische des Nationalsozialismus allzu leicht wieder aus dem Blick verschwände. Dies gelingt Kerschbaumer durch die konsequente Anwendung eines ästhetischen Prinzips, das man Dialektik von Identifikation und Distanz nennen kann.

Im zweiten Bericht wird zum Beispiel ein Gespräch zwischen Elise Richter, der ersten österreichischen Hochschullehrerin, mit ihrer jüngeren Schwester Helene während einer Eisenbahnfahrt beschrieben. Das klingt sehr idyllisch, tatsächlich handelt es sich bei dieser Eisenbahnfahrt um den Transport von 1322 Jüdinnen und Juden nach Theresienstadt. Es ist gewiß unmöglich zu rekonstruieren, was in den beiden Schwestern während dieser Fahrt vorging, ob und was sie mitsammen gesprochen haben. Gesichert ist nur zweierlei: Dieser Transport hat stattgefunden; und am Ende dieser Fahrt erwartete die beiden Schwestern der

Tod. Dies und eine Reihe von Gesprächen mit Menschen, die die Schwestern Richter gekannt haben, ist die Basis, auf der Marie-Thérèse Kerschbaumer ihre Kunst entfaltet:

Wenn ich also nichts weiß, als das, was ich weiß; wenn ich daher gezwungen bin, mir alles andere vorzustellen; wenn es aber unmöglich ist, sich dies vorzustellen, dann gibt es nur eine Möglichkeit: Ich radikalisiere die Identifikation so sehr, daß keine Differenz zwischen meinen Vorstellungen und der möglichen Faktizität mehr übrigbleibt. Zugleich radikalisiere ich die Distanz zur Faktizität, die ich ohnehin nur scheinbar, weil journalistisch, weil verlogen, überbrücken könnte. Das heißt, ich versuche, mir nicht mehr vorzustellen, was Elise Richter gedacht, empfunden, gesagt hat, sondern: Ich bin Elise Richter. Ich sitze in diesem Zug. Ich spreche mit meiner Schwester. Aber wenn ich Elise Richter bin, dann weiß Elise Richter alles, was ich weiß, und sie weiß das nicht, was ich nicht weiß. Ich weise die ideologische Fiktion zurück, zu tun, als ob ich wüßte und empfinden könnte, was Elise Richter wußte und empfand. Ich zeige den wahren fiktionalen Charakter jeglicher Identifikationsanstrengung dadurch, daß ich Elise Richter das wissen und empfinden lasse, was ich weiß und empfinde. Dadurch aber radikalisiere ich zugleich die Distanz, die Distanz zur historischen Faktizität einerseits und zu jedem simplen Tröstungsversuch des Mitgefühls andererseits: Denn wenn nun ich Elise Richter bin und in diesem Zug sitze, so mache ich doch klar, daß dieser Zug nur mein Schreibtisch ist, mein Blatt Papier, meine Schreibmaschine, und daß am Ende dieser Fahrt nicht der Tod steht, sondern eine vorläufig unveröffentlichte Erzählung.

Durch dieses Spiel mit Faktizität und Fiktion, Identifikation und Distanz, Recherche und Poesie entsteht tatsächlich auch eine völlig neue, eigenständige Sprache, die, selbst wenn nur eine Figur spricht, etwas von einem Stimmengewirr hat, zugleich aber auch an einen Chor denken läßt, was dem Thema deshalb völlig angemessen ist, weil jede einzelne, die spricht, zugleich für so unendlich viele steht, Tote wie Überlebende. Es ist eine Sprache, deren Kraft und Reichtum sich auch darin erweist, daß sie sich jedem einzelnen der sieben Berichte völlig anpaßt, jeweils eine eigene Form etwa für die Nonne oder für die Zigeunerin findet und trotz dieser notwendigen Unterschiede und Differenzierungen zugleich einen gemeinsamen Ton durchhält.

Dieser Ton ist ist ein sehr hoher Ton, im Sinn einer hohen poetischen Qualität, aber auch in dem Sinn, daß er gleichsam eine Kopfstimme ist, fast schrill, aber bis aufs äußerste kontrolliert, und so durchdringend, daß er sich – auch in diesem Sinn eine Kopfstimme – als Flüstern im Kopf des Lesers fortsetzt.

Ich glaube, das Bemerkenswerte dieses Buches ist nicht, daß Marie-Thérèse Kerschbaumer das Unrekonstruierbare rekonstruiert, sondern daß sie im Spannungsfeld dieser Dialektik die falschen gesellschaftlichen Rekonstruktionsversuche zerstört. Dazu noch zwei Beispiele: In der Erzählung über die Schwestern Richter unterläuft Kerschbaumer systematisch das gesellschaftliche Entlastungsverdikt, daß mit all dem längst Vergangenen endlich einmal Schluß sein muß. Nicht nur dadurch, daß sie das »längst Vergangene« mit ihrem Schreibverfahren in die aktuelle Gegenwart hebt, sondern auch dadurch, daß die beiden Schwestern, die ihrem Ende entgegenfahren, während dieser Fahrt immer wieder aufs neue darüber zu reden beginnen, wie das alles *begonnen* hat. In immer neuen Anläufen entstehen immer neue Anfänge, aber sie alle erweisen sich als zweifelhaft, sind nie Prinzip, sondern bloß Episoden im historischen Prozeß; so gehen sie immer weiter zurück, bis sie tatsächlich am Anfang der Geschichte landen, bei wallenden Nebeln und der Entstehung der Materie. Und so ist am Ende klar, daß nie »Schluß« sein kann, solange es Geschichte gibt.

Im fünften Bericht, über den Schneiderlehrling Anna Gräf, zerlegt Marie-Thérèse Kerschbaumer auf eine atemberaubende Weise das Entlastungsverdikt »Wir haben ja nichts gewußt«. Von Anna Gräf wußte Marie-Thérèse Kerschbaumer durch Recherchen, daß sie in der Gefängniszelle, wo sie auf ihre Hinrichtung wartete, verbotenerweise einen kleinen Spiegel besaß, den sie immer beim Gitterfenster hinaushielt, um zu sehen, wohin der beauftragte Justizbeamte ging: Ging er ins obere Tor, dann wurde ein Mann geholt, ging er aber weiter, dann wußte sie, daß eine der Frauen das nächste Opfer war. Es folgt eine seitenlange Beschreibung dieses Spiegels und des Justizbeamten, der sich darin gespiegelt hat, eine Beschreibung allerdings, die ausschließlich aus Fragen besteht, Fragen über Fragen, wie dieser Spiegel ausgesehen, wie er beschaffen war, welche Rückschlüsse er auf den Menschen ermöglichte, dessen Gang sich in ihm spiegelte, keine einzige Antwort, nur Fragen, bis wir schließlich nur aufgrund der unerbittlichen Konsequenz dieser Fragen eine so plastische Vorstellung von diesem Spiegel haben – obwohl wir von ihm nichts wissen als dies: daß es ein Spiegel war –, daß wir mit einem Mal schockhaft erkennen, daß sich im kleinsten Detail, wenn wir fragen, die Wahrheit spiegeln kann, auch wenn wir keine Antwort erhalten.

Wir erleben durch die poetische Konsequenz dieser Passage auf verblüffende Weise, wie Wissen, wenn man wissen will, sich auch dann herstellt, wenn man über keine »konkreten« Informationen verfügt, und wie das fraglose Nicht-Wissen nur auf der Basis von Unbeteiligtheit oder Komplizenschaft möglich ist. Und so steht die Entlastung, »Wir haben ja nichts genaues gewußt« sehr fragwürdig da.

Was sie produziert, schreibt Kerschbaumer, entsteht, »weil kein von Menschenhand berührtes Stück Materie nichts zu tun hätte mit mir und kein von menschlichem Bewußtsein geschaffenes Zeichen nicht Teil hätte an mir«. In diesem Satz wird die Radikalität der Identifikation sichtbar und, in den doppelten Verneinungen, zugleich die gesellschaftliche Distanz, die durch diese Identifikation parteilich überbrückt wird.

Diese Dialektik von Identifikation und Distanz ist das poetische Prinzip von Marie-Thérèse Kerschbaumers Prosa und als solches die radikale Antithese zur herrschenden Diskurssprache, die sich, wie wir gesehen haben, distanzlos mit den Tätern identifiziert und sich gleichzeitig identifikationslos von deren Verbrechen distanziert.

10.

Die Frage, ob man die österreichische Literatur als Nationalliteratur bezeichnen könne, wird in Österreich geradezu wie eine Unterstellung zurückgewiesen. Das österreichische Nationalgefühl erschöpft sich eben in der breiten allgemeinen Akzeptanz des Begriffs »österreichische Nation«. Diese Akzeptanz ist, wie wir gesehen haben, historisch sehr spät und ungewöhnlich schnell durchgesetzt worden. Das österreichische Nationalgefühl blieb ein letztlich äußerliches, oberflächliches, dessen inhaltliche Bestimmungen sich wechselseitig in nichts aufhoben. Wie wenig Bedeutung es daher als Parameter für die Konstituierung eines gesellschaftlichen Selbstbildes und für die Praxis kontinuierlicher Selbstüberprüfung hat, kann man eben auch daran erkennen, daß es in Österreich völlig unüblich ist, die literarischen Hervorbringungen österreichischer Autoren als *Nationalliteratur* zu lesen, d.h. auch dahingehend zu überprüfen, ob deren ästhetische und inhaltliche Besonderheiten Rückschlüsse auf die Besonderheiten der gesellschaftlichen Organisationsform, der Gewordenheit und der aktuellen Verfaßtheit Österreichs erlauben, ob diese Werke also als »Leitbild der Identität« gelten und »nationale Repräsentanz« beanspruchen können. Während es in anderen Ländern durchaus selbstverständlich ist, die eigene Literatur dahingehend zu überprüfen, ist dies in Österreich überhaupt nicht der Fall. Selbstverständlich wird jeder Ire zum Beispiel den *Ulysses* von James Joyce als irische Literatur lesen, als Auseinandersetzung mit der gesellschaftlichen und geistigen Realität Irlands. Erst alle Nicht-Iren sind dazu aufgerufen, unter notwendiger Absehung von nationalen, inhaltlichen und ästhetischen Spezifika, jenes Surplus zu entdecken und zu diskutieren, in dem sich eine verallgemeinerbare Wahrheit ausdrückt, die dieses Werk, über Dublin oder Irland hinaus, für den Rest der Welt interessant macht. Das ist das ganz normale Rezeptionsverfahren, wie einerseits Nationalliteratur, andererseits Weltliteratur entsteht. In Österreich aber wird die österreichische Literatur in der Regel auf dieselbe Weise gelesen und nach denselben allgemeinen ästhetischen Kriterien überprüft, wie jene, die aus Deutschland, Frankreich, Irland oder den USA kommt – das heißt, in Österreich wird die eigene Literatur ohne Umwege gleich als Weltliteratur konstituiert.

Dies zeigt sich nicht nur in der kontinuierlichen Rezensionspraxis der österreichischen Kritiker, sondern auch darin, daß die österreichische Literaturwissenschaft beharrlich den Nachweis zu erbringen versucht, daß »österreichische Nationalliteratur« ein »Mythos« sei, eine »Chimäre«, in Wahrheit aber nicht existiere. In einem langen Aufsatz über den Begriff »Österreichische Literatur« kommt etwa der Klagenfurter Germanist Albert Berger zu dem Schluß, daß »der Begriff einer österreichischen ›Nationalliteratur‹ bei den Schreibenden selbst wohl nur verständnisloses Achselzucken hervorrufen« würde, »der österreichische Literaturkanon wird weiterhin auf diesen Titel verzichten müssen«. Dieses Mißverständnis ist symptomatisch: kein Autor schreibt in der Absicht, »Nationalliteratur« zu verfassen, und auch die Definition, worin sie sich als solche erweise, interessiert die Autoren selbst zu Recht nicht. Nationalliteratur wird *durch Rezeption* produziert. Und diese, anderswo eben durchaus übliche und selbstverständliche Form der Rezeption existiert in Österreich nicht. Auch der eher peinliche Gestus, mit dem österreichische Autoren, die im Ausland zu Ruhm und Anerkennung gelangten, schließlich von Österreich wieder vereinnahmt werden, widerlegt diesen Befund nicht, sondern bestätigt ihn nur – diese Vereinnahmung ist ein demonstrativer Gestus vor der Welt, der gesagt werden soll: Diese *Weltliteratur* haben *wir* Euch geschenkt!

Wer die Rezeptionsgeschichte der neueren österreichischen Literatur studiert, wird feststellen, daß die Unfähigkeit der Österreicher, die österreichische Literatur zunächst einmal *als ihre eigene Literatur* zu lesen, die etwas über sie selbst aussagt, tatsächlich erstaunlich ist. Bei Hans Leberts »Feuerkreis« wurde zum Beispiel von der Kritik anerkannt, daß die »Grundidee« vom heimkehrenden Befreier, der feststellt, daß seine eigene Schwester als hochgradige Nationalsozialistin schuldig geworden ist, ein »interessanter Stoff« gewesen wäre, der per se schon an Spannungen und Konflikten sehr viel hergegeben hätte. Das dazukommende

»Inzest-Motiv« aber »belaste« (sic!) die Fabel, sei unnötig, letztlich unverständlich und unnachvollziehbar. Daß aber erst die Inzest-Geschichte diesen Stoff zu einer stimmigen künstlerischen Parabel in Hinblick auf die besondere Konstitution der österreichischen Realität macht, ist von der österreichischen Literaturkritik nicht verstanden und von der österreichischen Literaturwissenschaft bis heute nicht bemerkt worden.

Franz Innerhofers *Schöne Tage* nicht als Auseinandersetzung mit der Realität in Österreich, an einem bestimmten Ort, zu einer bestimmten Zeit, zu lesen, ist ein Kunststück. Die österreichische Rezeption hat es weitgehend zustande gebracht. Sieht man nämlich ab von den Hinweisen auf den autobiographischen Charakter des Romans (die als solche für eine verallgemeinerbare Diskussion des Werks natürlich auch nichts hergeben), wurde *Schöne Tage* wesentlich als »radikale Antwort auf die Klischees einer idyllisierenden Heimat-Literatur« dargestellt, so als bestünde die Leistung des Romans darin, eine allgemeine formale Auseinandersetzung mit einer Gattung, die keinen denkenden und mit Literatur befaßten Menschen interessiert, mit Bravour gemeistert zu haben. Hätte sich der Salzburger Landeshauptmann nicht besorgt erkundigt, »ob dieses Buch nicht dem Ansehen des Landes schade«, hätte man völlig vergessen, daß dieses Land nicht nur auf einer fiktiven Landkarte der Weltliteratur eingetragen ist.

Ist das reale Österreich heute gleichsam ein für den

Fremdenverkehr errichtetes Dorf, in dem »längst nichts mehr stimmte und alle verkauft waren für billiges Geld«? Ein Ort, wo die Fremden sogar in den hier lebenden Menschen »eine Sehenswürdigkeit sahen«? Sind die Österreicher Gefangene einer »Lüge, die sie für Fremde tun ließ, was sie nie füreinander getan hätten oder für sich selbst«? Ist diese Haltung tatsächlich »Teil ihres Lebens und Teil ihrer Sprache« geworden? Sind unter diesen Voraussetzungen hilflose Verstörung und unscheinbares Scheitern für ein denkendes Gemüt tatsächlich fast unausweichlich?

In einem Land, das ununterbrochen Fehlleistungen produziert und sie dann »dem Ausland erklärt«, wären diese Fragen nach Erscheinen von Norbert Gstreins *Einer* naheliegend gewesen. Tatsächlich aber sind sie in der öffentlichen Rezeption in Österreich nie gestellt worden. Es wurde lediglich immer wieder vermerkt, daß Gstrein über eine »präzise Sprache« verfüge, daß er »mit großer Sicherheit« erzähle, daß er einen »eigenen Ton« gefunden habe, kurz: daß diese Erzählung abstrakt allgemein »künstlerisch gelungen« sei. Aber daß Gstrein mit dieser präzisen und sicheren Sprache von Österreich erzählt und daß sich diese Erzählung zu einer Parabel verdichtet, die hierzulande zu einer Überprüfung der eigenen Identität und Selbstdarstellung herausfordern müßte, wurde der österreichischen Literaturkritik nie bewußt.

Wenn man bei der Lektüre der österreichischen Literatur feststellen muß, daß Österreich eine Nation ohne

Heimat ist, dann setzt sich in der allgemeinen Rezeption dieser Literatur deren Heimatlosigkeit noch fort.

Wir haben schon gesehen, daß in der Zweiten Republik nationale Repräsentanz im Sinn von Nationalliteratur im wesentlichen nur »historischen Größen« zuerkannt wird und daß hierbei eine besondere Vorliebe für jene Literatur bemerkbar ist, die *Endzeiten* beschreibt. Erst hier zeigt sich auf sehr vermittelte Weise ein stimmiger Bezug zur realen Befindlichkeit der österreichischen Identität. Doch obwohl es also zumindest dieses Vermittlungsmoment zwischen Literatur und nationaler Identität gibt, ist völlig übersehen worden, daß einer der meistgelobten und bestverkauften »deutschsprachigen« Romane des letzten Jahrzehnts möglicherweise auch als definitiver Österreich-Roman gelesen werden kann: Christoph Ransmayrs Roman *Die letzte Welt*.

Keiner hat die Frage gestellt, ob die Neuerzählung der Geschichte von Ovids *Metamorphosen* nicht nur eine faszinierende und geglückte neue Auseinandersetzung mit einem Stoff der Weltliteratur ist, sondern ob die Beschäftigung mit diesem Stoff in einem Land, das in so kurzer Zeit so viele Metamorphosen durchgemacht hat wie Österreich, nicht möglicherweise auch etwas in Hinblick auf dieses Land bedeutet.

Keiner in Österreich hat sich gefragt, ob Ransmayrs Kunstgriff, so zu tun, als ob die Metamorphosen nicht mehr existierten, aber zu zeigen, wie sie fortwirken, und wie ihre Fragmente allenthalben noch zu entdekken sind, ob dies nicht konkret etwas über dieses Land aussagt.

Das Problem des Dichters Ovid besteht bei Ransmayr darin, daß er »an Verdrängtes gerührt hatte« – sagt dies mit Sicherheit nichts über das Verhältnis der österreichischen Kunst zu dieser Republik aus?

Daß Ransmayrs *Letzte Welt* von der Vermengung der Gegenwart mit der »Antike« lebt – ist dies völlig ohne Bezug zur aktuellen österreichischen Realität?

Daß Ransmayrs Roman im »menschenleeren Bild« einer Kunstnatur endet, löst dies in einem Land wie Österreich, das sich immer wieder als menschenleeres Ensemble von Natur- und Kunstschönheiten darstellt, keine Assoziationen aus?

Ovid hatte die Entwicklung vom Anfang der Welt bis zu deren Vollendung durch Augustus besungen. Daß Ransmayr den Spieß umdrehte und vom Höhepunkt der Zivilisation aus zum Weltende hinerzählt – entspricht dies in keiner Weise dem von entsprechenden historischen Erfahrungen gesättigten und auf Endzeiten fixierten österreichischen Selbstverständnis? Und liegt nicht genau darin das für Österreich in besonderem Maße Tröstliche: A.E.I.O.U. – Österreich wird in der Welt das Letzte sein?

Das ist ein Ende, dem gut österreichisch gleich wieder ein neuer Anfang entspringt: Wir werden alles neu lesen müssen.

Robert Menasse
Selige Zeiten, brüchige Welt
Roman

1984. 374 Seiten.
suhrkamp taschenbuch 2312

Ein Liebesroman, ein Kriminalroman, ein philosophischer Roman, eine jüdische Familiensaga.
Leo Singer, Philosophiestudent, Sohn jüdischer Eltern, die in der Zeit des Nationalsozialismus nach Brasilien emigrierten, kehrt Anfang der 60er Jahre mit seinen Eltern nach Wien zurück. Er verliebt sich in Judith Katz. Sie soll seine Muse sein im Versuch, die Welt ein letztes Mal in ein philosophisches System zu zwingen. Judiths Tod eröffnet ihm das Geheimnis des Lebens – aber ist sie wirklich tot? Das Leben geht weiter – als erlaubt ist.
In der *Zeit* schreibt Erich Hackl: »Ein Buch, das die Welt – verändern? beeinflussen? jedenfalls beunruhigen wird. Robert Menasses Roman schildert, wie dieses Werk Leo Singers, das unsere Existenz erschüttern soll, nie zustande kommt. Und er macht das so unterhaltsam, daß man dem geglückten Buch über ein mißglücktes Buch möglichst viele Leser wünscht: 1 × Menasse, *Selige Zeiten, brüchige Welt*, bitte schnell, bitte gleich!«